終わりなき対話

――やさしさを教えてほしい――

谷川俊太郎・中島みゆき

朝日出版社

東京・新宿の谷川俊太郎氏の仕事部屋に、一九八〇年十月二十三日、対談相手として、当時、ポピュラーミュージックの世界で「時代」をはじめ大ヒットを重ねており、時代の歌姫と言われていたシンガーソングライターの中島みゆきが訪れる。彼女は大学の卒業論文で谷川俊太郎をテーマにするほど彼に深い関心を抱いていた。

本書は、その対談を収めるとともに、中島みゆきがこれまで谷川俊太郎について書いたエッセイ、及び、谷川俊太郎が書いた中島みゆき論に加えて、二〇二二年七月五日、四十二年ぶりに行われた二人の対話を収めた新たな対話集で、三百年後の再会を語り合う二人の話はまさに『終わりなき対話』と言えるだろう。

編集部

［目　次］

［装画］黒田征太郎

［装幀］桜庭文一（ciel inc.）

一章◉谷川俊太郎・中島みゆき 対話

一九八〇年

あたし以上に、あたしを好きな人

谷川　どんな暮しをしてるんですか。
中島　エンゲル係数が高い生活してるんです。
谷川　エンゲル係数って？
中島　食費の、生活費全体に占める割合です。
谷川　すごい言葉を知ってるね（笑）。旅してることは多い？
中島　そうですね、春と秋は。全国コンサートツアーに出てることが多いです。夏と冬はレコーディングでスタジオにこもってることが多いかな。
谷川　レコーディングは東京でするんですか。
中島　えーと、ほとんどそうでしたね。そうじゃないときもありましたけど。
谷川　その部分に限って言えば、わりと東京に定着してる感じはありますか。

中島　定着……でもないですけど。

谷川　自分が生活しているという実感がある場所はどのへん？

中島　温度とか、湿度とかね。馴染《なじ》んでるという点では、やっぱり北海道が住みやすいとは感じますけど、かといってこの場所だけが生活地点だとまでは確信してないです。何か、たまたまいまはここにいるけど……そういうような気持ち。

谷川　北海道が故郷だという感覚はある？　あなたの歌で、どこにも故郷がないというようなことを歌ったのがあるでしょう。北海道は故郷じゃないの？

中島　故郷ってものの定義の仕方は人それぞれではあるでしょうけどね。あたしはまだ、それがはっきりわかんなくて。

谷川　まだということは、これからも北海道に住んでいこうという感じがあるから？

中島　これから先どこに住むかは、まるでわかんないわ。

谷川　自分自身の暮し方みたいなものが、まだないという感覚があるんですか。

中島　そうかもしれませんね。しょっちゅうコロコロ変わるでしょ、あたし。それに、はたしてその場所がね、あたしを受け入れようとしてくれるかどうか、どうもあやしいもんだと、そういう不安があるのね。

谷川　子供のころから、そういう感覚があったんですか。

中島　じつにのーんびりしたお子さんだったんですけどね、小さいころは（笑）。

谷川　それは家庭環境とか、そういうことと関係があって？

中島　いえ別に。家庭環境はごくふつうでしたし、だれのせいだということも思いあたりませんから、自分で勝手にそんな気がするだけなんでしょうね。

谷川　太宰治《だざいおさむ》だっけ、「生まれてきてすみません」という、そういう言い方とつながりますか。

中島　「生まれてきてすみません」とまでは言いきれないですね、未練たらたらで（笑）。

でもあたし、なにかと罪をね、重ねるでしょ。償うなんてことがまるで追っつかないうちに、もう山盛りになっちゃって。

谷川　あなた、たくさん罪を重ねてるんですか。

中島　重ねてます（笑）。

谷川　どういう罪ですか。それを聞きたい。罪の意識のある日本人っていうのは、意外にいないんですよ。恥の意識のある人はいるけど。

中島　へへへ、あたし、恥も欠如してたりなんかして（笑）。罪状って、ほら、きりがないから。

谷川　そんな抽象的に言わないでさ、具体的に言うとどういうこと？

中島　そうねえ、いっぱいあるからなあ。たとえば、わたしが何かを言うと、それは誰《だれ》かに対して何らかの働きかけをすることになるでしょう。そしたら、その人はそれに対応するわけね、無視するにしても。つまり、何らかの対応ね。それが愉《たの》しいことならいいけど、その人にとっていやなことの場合だってあるわけでしょ。

谷川　それは誰だってそうだよ。

中島　そういうときね、あたしがいなかったとしたら、あちら様は不愉快な思いをせずにすんだだろうなあ、と思いたくもなっちゃうんですよね……。

谷川　でも、あなたがいなかったら悲しむ人もいるでしょう。

中島　いるかしら……。いるわよね。うん、そう思って長生きしよう。不思議ねえ、そう言われると、なんか元気が出ちゃうわ（笑）。

谷川　いつごろから歌をつくり始めたの。

中島　人前に出したのを書いたのは高校のときだけど、そうじゃなければ、小学校のころだったかな。

谷川　小学校のころからギターを弾いてたの？

中島　そのころは、ピアノを弾いていた。学校で習う歌で好きなのもいっぱいあったけど、なんか、教科書見ながら歌ってるのに、意味が急にわからなくなったりする歌があったわけ。〽うさぎ追いしかの山……。「かのやま」っていうところのうさぎがおいしいのかしら、とかね。それなら自分で歌詞を直しちゃったほうがいいやというんで適当に歌い直してると、メロディのほうまで、途中から何だか別の歌になっちゃったりね。

谷川　じゃ、一種批判的に歌をうたい始めたんだな。

中島　あはは、批判っていうほどのことじゃないですよね。ただ自分勝手に歌いやすいようにしちゃっただけね。

谷川　そのとき、自分でも表現したいものってあったわけ？

中島　どうだったかなあ。自分ではこのほうが歌いやすいや、とは思いましたよ。

谷川　ぼくの友だちの作曲家なんかは、夫婦喧嘩《ふうふげんか》してるときは作曲できないっていうんだよね。つまり、幸せな状態にないと音楽がつくれないっていうんだ。ものを書く人間は、そこがちょっと違ってて、悲しいときも苦しいときも、書くことでそこを乗り越えようとすることがあるわけ。そこはずいぶん音楽と違うなと思ったんだけど、あなたの場合は、生きることが愉《たの》しいから歌をうたうというのとは、ちょっと違うみたいだね。

中島　愉しいから……ねえ。うん、そうとは言いきれないですね。あたしの歌、あんまりランランランと愉しい歌って、ないんですよね。そういうのも書けるようになれたら、もっと私自身ね、人あたりが良くなるんでしょうけども、まだまだ、人に冷たいんですよね、あたし。
でね、たまーにね、自己嫌悪《けんお》に陥っちゃうの。

谷川　その結果としての歌を書くっていうことになるわけ？

中島　うん（笑）。それにさ、あたし、人の悪口、いっぱい書いてるから。

谷川　それも、あなたの言う罪のなかに入ってるの？

中島　入ってる。

谷川　やっと具体的に、罪が出てきたな（笑）。それじゃ、私小説的にあなたの歌を聴いていいわけだ。

中島　私小説って何だっけ。あ、そうか。そういうことになるのかな。

谷川　でも、まさか小学校のときには、そんな歌を書いてたんじゃないでしょう。

中島　身の回りのことだったと思うから、いまと似たようなもんじゃないかな。

谷川　その当時から男友だちへの恨みを書いてたなんて、ちょっとね。

中島　あはは……。そういえば、もてなかったもんなあ。

谷川　その恨みつらみで歌を書いてるの？

中島　そう。もててりゃ、歌なんか書きゃしなかった、なんて（笑）。

谷川　小学校で習った唱歌の添削じゃない歌は、いつごろから書き始めたの。

中島　中学校ぐらいからじゃないかな。人前に出す歌じゃなかったけど。個人的なうさ晴らしみたいなのが多くって。

谷川　いま歌を書くときも、やっぱり、口に出しても本当はしようがないと思えることを書いて、解放しているというところもあるんじゃない？

中島　そうですね。やっぱりそうでしょうね。それでもまだ、ごく個人的な、名前とかね、そういうのは極力書かないようにしてるつもりなんですけれど……。

谷川　それまで書いたら、もっとすごい歌になるわけだ。

中島　あらー、そしたら、明日からお遍路さんに出なきゃならなくなっちゃうわ。

谷川　何だか、マグダラのマリアみたいに罪深い人なんだね（笑）。じゃ、「うらみ・ます」なんかは、どうなんですか。あれ、アルバムの中では泣き声になってるでしょう。

中島　あ、そうですか。それ、よくボロクソに言われるんですよ。聞きづらいから、もうちょっとちゃんと声の出てるテイクのをね、ＯＫにしてレコードとしては出すべきじゃなかったのかって。だけど残念ながら、あれは、一回しか録音しなかったんですよね。

谷川　あの歌は、どんな状態で録音したんですか。

中島　あれはスタジオライヴっていうのかな。ミュージシャンと大

谷川　体の流れを合わせておいてから。
中島　ええ。
谷川　じゃ、マルチ・チャンネルで録ったんじゃなくて、生演奏で。
中島　あれ、本当に泣いてたの？
谷川　おしえてあげないの。
中島　そのへんは自分の意識のなかでは分けてたんですか。これは本当に泣いてるわけじゃない、というふうに。
谷川　おしえてあげないの。
中島　じゃ、本気なんだ。泣きたくはなかったの？
谷川　おしえてあげない。
中島　だけど泣かずにはうたえなかったわけですか。
谷川　おしえてあげない。
中島　ありがとう。おしえてくれなくて。あなたの歌みたいにすてきな答えかただね。でもさ、しつこいけど、リテイクすることだってできたわけでしょう。だけど、あのテープがいいということになったの？

中島　あのLP全体をね、いってみれば実況中継でつくってみようってつもりだったの。

谷川　あなたの歌が私小説的であるとすると、自分がいままでつくってきた歌を振り返ってみたときには、それまでの生活の軌跡が自分でわかるわけですか。

中島　軌跡……ですか？　ちょっとまだ、それほどの意識ではないですね。

嫌なところがあっても好きだっていうのは…

谷川　末は身を固めて可愛い赤ちゃんを産んでとか、そういうイメージはない？

中島　なんか固まらないみたい（笑）。

谷川　自分自身の意識として、固まりたくないわけ？

中島　固まりたくないというか、あたし小さいときからね、はやくお嫁さんになりたいっていうような夢は、持ったことがないの。

谷川　それは、子供のころの経験として何かがあったわけ？　たとえば、一夫一婦制の崩壊をまのあたりにしたとか。

中島　アハハ、それは最近、まわりの友人たちによく見ますけどね。……どうしてかなあ。うーん、たとえば、誰かがうんとあたしのことを思ってくれるとするでしょう。でも、どんなに思ってくれたとしても、それ以上にあたしを思う人が必ずいるわけ。それはあたし自身なの。あたしがあたしを一番好きなの。すごく独占欲が強いの（笑）。

谷川　それは何でかしら。やっぱり自分が自立していたいから？　一人で生きていたいから？

中島　一人で生きていたいとは思わないのね。それ、やっぱり無理だと思うし。誰かとぶつかったり、ああ幸せだなと思ったり、ゴチャゴチャ関《かか》わっていることはとっても好きなの。

谷川　分裂してるわけだ。

中島　分裂してるかしら。

谷川　してるんじゃないかと思うよ。そんなに自分が好きなの？

中島　好きよ。すごく好き。

谷川　自分の嫌《いや》なところなんか、ないの？

中島　いっぱいあるけど、全部ひっくるめてすごく好き。

谷川　ははあ。嫌なとこがあっても好きだっていうのは一番愛してることだから、それはもう、滅法《めっぽう》愛してるわけだ。いつごろからそんなに自分が好きになったの。

中島　えーと、気がついたら、ずうっと好きみたいよ。

谷川　それは、自分に自信があるということとは違うんだね。

中島　そうね。人前に出しても十分だから好きだっていうんじゃなく、あのう、人前に出してダメでもね、それはそれなりに、あたしは好きなんだからね、いいの。

谷川　それは、自分が女であるという意識と、どこかで関わっているんですか。

中島　んー、女だから、かどうか自信ないなあ。

谷川　じゃ、自分のことを女だと思ってないの？

中島　思う、思う（笑）。だけど、男みたいな部分も、自分のなかにはあるでしょ。

谷川　自分のどういうところが男だと思う？

中島　具体的にって、ちょっとすぐには並べられないんだけども。きっと本物の男の人に似てる部分ってことだろうなと思って。こう、本物の男の人を見るでしょ、ジロジロと。ところが最近、女っぽい男の人、いるでしょ。女の美人よりもっと美人なのね。すごいのよね。あのう、あたし、あんまりいい男を見てないのかしら（笑）。

谷川　男であればあるほど、女の部分を持ってるだろうと思うけど。だからいい男ばっかりに会いすぎてるのかもしれないよ。

中島　そうよね。

谷川　自分からふってはきてないわけ？

中島　そーんな、もったいない。

谷川　でも、話を聞いてると、いかにもあなたのほうがふりそうじゃない？

中島　あれっ、そうかしら。

谷川　だって、自分が自分を一番好きなんでしょう。

中島　あ、そうね。おかしいね。どうしてかな。何が悪かったのかなあ。

谷川　そんなに自分のことが好きなのに、どうして男に惚《ほ》れるの。

中島　そうねえ、期待があるのかなあ。自分よりもっと好きな人に出会いたいっていう期待みたいなものが。欲深いから。エヘへ。でも、最近はね、自分以上に好きな人を探すのはやめようと思ったりしてるの。自分と同じぐらい好きな人を探そうと思ってる（笑）。

谷川　それでも危ないんじゃないかな。

中島　もっと分裂するかなあ。

谷川　あなたが現実の男を好きになるときは、あなたのなかの女の部分でそうなるのかしら。

中島　どうだろう。どうも最初は、男の部分で好きになってるような気もしなくはない。

谷川　男のなかに女が見えると嫌悪感が出てくる？

中島　ちょっとは、がっかりしますね。というのは、やっぱりいくら自分のなかに男っぽい部分があるっていっても、それよりも実際、もっとずっと男らしい人というか、そういう面というか、それはきっと現実の男の人のなかにあるに違いないと、期待してるから。

男と女の理想的な距離は?

谷川　あなたの考えてる男らしさって、どういうものなの。

中島　うわ、困った。なんて答えていいかわかんないわ。

谷川　理想の男性像は何ですかと訊《き》かれたら、どう答える?

中島　うーん、答えるのがむずかしい質問ね。男のなかの男って何か……と、あたしのなかの男に訊こうかしら。

谷川　その男が「俺《おれ》みたいな男だ」という話になるわけだ。

中島　ハハハ……。なんだこりゃ。

あのね、長いこと夫婦やってる人でね、一緒に歩くときに、全然振り向かなくても、後ろから歩いてく女房《にょうぼう》がちょうど追いかける歩調を読んで歩けるっていうような男の人、いるの

谷川　ね。あれ、すごいなあって思った。後ろにも目があるみたい。

中島　並んで歩かないのか。相当保守的な男性観ですね。

谷川　ん？　並んで……、そうかなあ。ほら、べつに並んで手つないで歩かなくてもね、後ろを歩いてく女房がおちこぼれないようにするには、やっぱり先を歩いてる男の気配りと、女房のほうの追っかけてく努力とのバランスだと思うのね。

中島　ということは、男と女の一対一の対応というものに対して、ある信頼感を持ってるわけですか。

谷川　八割がた、願望っていうようなもんですけどね。

中島　対応するとすれば、やっぱり一対一だと思う？

谷川　ええ。一対二じゃ、重すぎると思う。一が男でも女でも。一対一は、ちょうどいい重さじゃないかしら。

中島　そういうあなたのイメージ通りのかたちで一緒に歩けた男はいないの？

中島　なかなか、後ろにも目のある人っていないですね。後ろばっかり向いてて、電信柱にぶつかってくれちゃったりするとシラケちゃうし。

谷川　ずいぶん注文の多い人だね。

中島　ハハハ……。なんか、あたしの場合は七十過ぎぐらいになって、老人ホームに入ってからやっと旦那《だんな》を見つけるのかしらとか思ったりもして。でも、ああいう歩き方なんて、年月をかけた夫婦じゃなきゃ、無理かな。

谷川　夫婦っていうのは、たぶんそういうものだろうと思うけどね。その老夫婦なんかも、長い年月かけてそうなったんだろうね。

歌を書くときの気持ちは？

谷川　いま、好きな人はいるんですか。

中島　イメージはあるんだけど……。

谷川　そのイメージというのは、どういうもの？　そのへんが、またはっきりしない。
中島　あたし自身よりもね、あたしにホレてくれる人。ウワッハッハ。これね、むずかしいのね。あたし、やっぱりすっごくわが身可愛いでしょ。すると、イメージのほうは途中で何だかわかんなくなっちゃうの。
谷川　何だか話が進みにくいなあ。行き止まりって感じ。
中島　ありゃー。行き止まっちゃ困るわ（笑）。
谷川　好きになったら、自分から「好きだ」と言う？
中島　わりと言う。だから、はずれたときはショックが大きい。こっちが、「見つけたあ」と思うでしょう。ところがむこうが、「いや、ちょっと」となると、これは痛手よねえ。
谷川　そこでパッと恨むわけか。
中島　そう、「うらみます」と（笑）。

谷川　歌のネタには困んないね（笑）。

中島　あたし、ホレっぽいから。

谷川　そんなにいるんですか（笑）。それじゃ、あなたのほうから言って、首尾よくいったら、どんなふうにつきあう？

中島　もしかして首尾よく……いったら？　なんだか落ちつかないわねえ、たぶん。

谷川　じゃあどうすればいいんだ（笑）。

中島　どうすればいいんでしょうねえ。わがままなんだけど、「もしもし」って言ったら「はいはい」なんて言われちゃ、なんだかその場のがれじゃないかと。

谷川　ははあ、なるほど。

中島　「もう少し考えてからになさったらいかがでしょうか」なんて言っちゃいそうね。

谷川　最初から、別れたいみたいだね。

中島　そうなのかなあ。結局あたし、自分のことばっかりで手いっぱいでさ、人のこと考えてないのかもしれないわねえ。

谷川　別れることに堪えられて、しかも別れることを歌にできるんだったら、一人でいても寂しくないいんだね。

中島　あら、寂しいですよ、そりゃ。でも、いまんとこ歌うしかないでしょ。くやしいわね（笑）。

谷川　じゃ、歌を書くときは、悲しいとか寂しいとかよりも、くやしいほうが強いんだ。

中島　あはは。そうかもしれないわねえ。

谷川　あなたがつきあうのは、あなたと同じような世界の人が多いの？

中島　あたし、ほとんど外へ出かけないでしょ。仕事のときでもないと、人とはほとんど、話すこともないですね。

谷川　そうすると、似たような仕事をしてるってことが邪魔になる場合もある？　スケジュール的にじゃなく。

中島　……あるかもしれない。あたしは自分の歌が一番いいと思いたいわけでしょう。だけど同じ仕事をしている人が相手だと、やっぱりむこうのも認めなきゃならないものね。分裂しちゃうわ。

谷川　好きな人と一緒に音楽をつくっていくという意識はないわけね。

中島　ない、なんて冷たく言っちゃいけないわね。あんまり、ないんです。

谷川　一緒に子供をつくろうなんて……。

中島　ないって言ったら、それなりに問題なんですよねえ（笑）。

谷川　子供が欲しいとも思わない？

中島　子供ねえ。子供って怖《おそ》ろしいのね。自分の悪いところばっかり持って出てくるような気がして。

谷川　でも、相手のいいところも持って出てくるよ。

中島　そう？　でも、自分でなるべく見ないようにしている自分自身の一番悪いところが子供に出てきそうで。

谷川　それはわからないよ。そういうふうに決めこむのは、子供に対する傲慢《ごうまん》だと思う。だって、子供だって自分とは違う他人であるわけじゃない。それは、自分自身を認めるのと同じように認めなきゃいけないんじゃないかな。だって、自分自身については、すごく嫌なところだって認めてるわけでしょう。どうして他人を認められないの？

中島　そうね。あたし、あんまり許容範囲が広くないんだろうな。

谷川　相手の男に夢中になるというのは、絶対あり得ないことだと思ってる？

中島　あり得たいとは思ってるのよ。いまわのきわの一言ぐらいで、あってもいいかな。自分より相手のほうがあたしのことを思ってくれてると認めても。
谷川　それは死にぎわだけでしかあり得ないわけ？
中島　そうじゃないと、認めたあとは、シラけて堪えられないだろうなと。
谷川　ははあ、それで死ななきゃならなくなるわけか。
中島　いや、べつに急いで死ななくともいいです。まちがってぽろっと認めちゃったら、そんなときは、また考えます（笑）。

「好き」と「愛してる」

谷川　あなたは「愛してる」とか、そういう言葉を使う？
中島　面とむかっては使わないですね。「愛してる」って日本語、とっても新しいでしょ。なんかテレくさいしね。
谷川　「好き」というのは？
中島　それは使う。焼き鳥が好きなのと同じように好き……（笑）。

谷川　あ、焼き鳥を好きなのも、本当に好きなのよ。相手が好きなのも、やっぱり本当に好きなの。でも、そういうふうに言われたら、男の人は面白《おもしろ》くないでしょうねえ。

谷川　好きっていうのは、会っていたいとか、そういう気持ちを含んでる？

中島　あんまりべったり会ってたいとは思わないわ。

谷川　会うとがっかりしたりするわけ？

中島　いえ、予想外の長所ってこともありますもん。……なんて山盛り期待したりして。

谷川　自分以上に男の人を愛せないってことに劣等感は持ってないの？

中島　いや、いつそういう相手が現れるかっていう期待のほうが大きいから愉しいわ。

谷川　むこうから「愛してる」とか言われたらどうする？

中島　「冗談でしょ」なんて吹き出しちゃいそうねえ。

谷川　じゃ、「マクドナルドのハンバーガーと同じくらい君が好きだよ」って言われたら？

中島　「あたしも、ケンタッキー・フライドチキンと同じぐらい、あなたが好きよ」

谷川　自分は、焼き鳥と同じぐらい好きだっていうくせに、ずいぶんきびしいことを言うじゃないの（笑）。

中島　「愛してる」とか、正面きって言われたら困っちゃうだろうね。

谷川　言われたことないの？

中島　ない……。あれっ？　聞きのがしたのかなあ。たとえば、「冗談よしてよね」って言われたぐらいで挫《くじ》けるような男じゃない、なんて思ったりするから、余計いけない姿勢だね。

谷川　いまの男は、それで挫けるんですか。

中島　挫けるんじゃないですか。よよと泣き伏したり……はしないだろうけど（笑）。でもね、あたしの近所にいるのは、みんなわりといい男ばっかりなのよ。あらかたカミさんがいるけどね。

谷川　罪の意識があるの？

中島　そうねえ。こだわっちゃうわね、あたし。誰かを押しのけなきゃなんないわけでしょう。

谷川　戦いとるという意欲はなし？

中島　ないなあ。せいぜい「すみませんけど、ちょっといただけませんでしょうか」っていう感じはあるけど。

谷川　おたくの焼き鳥、おいしそうだけど、っていう感じで（笑）。

中島　「余ってたらいただけません？」ってとこ。でも、余ってないのよねえ（笑）。母は慰めてくれるんですよ。「絶対どこかに一人余ってるから」って（笑）。地球上にこれだけ男がいるんだから、どこかに一人ぐらいはいるんでしょうね。

谷川　いると思うよ。男のほうだってさ、「どこかに余ってないかな」と思ってるかもしれないね。

死んで魂は残る？

中島　谷川さんには、「三歩下がって……」というイメージはないですか。

谷川　ぼくには、まったくない。お互い、後になり先になりっていう感じですよ。できれば同じレベルになりたい。どっちかが六十で、残ったほうが四十になったりすると、ちょっとつらい。五十と五十になるべくしたいと思うよ。三歩下がって歩幅が同じっていうのは、何となく、一夫一婦制を多年にわたって経験した人間には、うさんくさく思えるところがあるわけ。もちろん、そういう状態の良さがあることはわかるし、一夫一婦制の経験のない人がそれに憧《あこが》れる気持ちもわかるんだけど、どうも、なあなあ的なものが介在してるような気がして嫌なんですよ。だからぼくは、突っぱり合って喧嘩しながら最後まで生きていきたいっていう意識がある。そういう意味では、たぶんあなたよりぼくのほうが、ラジカルな女性観を持ってるね。

中島　じゃ、緊張感あふれる生活ですか。

谷川　そう。それはすごいです。初めは嫌だけどさ、慣れてくると快くなってくるわけね。緊張感がないとやってけないという感じになるんですよ(笑)。

中島　女を見てて、そのなかに男が見えてくることはありますか。

谷川　ありますよ。それはまあ、わりと通俗的な意味での「男」だけど。でも、いまの時代はそういう男性的な面を持ってないと、女が仕事をできないっていうことがあるでしょう。ぼくは女のなかに男っぽい部分があると、そこで友だちになれるなというふうに思う。というのは、ぼくは基本的に男と女の関係を怖がってるところがあって、男と男みたいな関係を持たないと不安なんだろうという気がするんですよね。性というものとは別に、仕事を通しての結びつきとか、何らかの共通にわかち合える部分を持たないと、どうも不安な感じがある。極論すれば、男と女というのは結婚するか心中するしかないという気がするんですよ。「愛してる」とか、そういう言葉のレベルではなくて、何となくもつれこんでいくと、その二つに行き当たる。その両方を避けようと思うと、結局「お友だち」っていうふうになっちゃうという、いやらしさもあるわけだけど。

中島　心中というのは、非常に利己的でしょう。

谷川　ある意味ではね。

中島　ある意味では、お互いに置き去りにするのを防ごうとするわけでしょう。といったって、生まれるとき一緒じゃなかったように、心中するときだって結局は一緒じゃないんですけどね。

谷川　そう。だから、相当な演出力がいるよね。自分で自分をだまさないと。

中島　微妙なタイミングまできっちりと合わせないと。失敗したって、やり直しはきかないから。でも、心中は置き去りにしないという意味では非常にいいですけど、魂に対する根源的な冒瀆《ぼうとく》の問題が出てくるんですよね。

谷川　冒瀆しますか。

中島　残るんですよね。

谷川　死んでも魂が残るっていうこと？

中島　そう。

谷川　ほんと？　非科学的な人ですねえ。

中島　あら、そうですかあ。

谷川　ぼくは、魂なんか残らなくて、ちゃんとすべて無に帰してくれるという希望を持ってますよ。

中島　あら、いやだ（笑）。

谷川　だって、無に帰してくれなきゃ、死ぬ意味がないでしょう。死んでなおかつ残ってて、まだ惚《ほ》れたの惚れないのってやるんじゃ、やりきれないよ。

中島　忘れちゃう、ってのはどう？

谷川　死んだ瞬間にパっと忘れちゃうわけ？

中島　あのね、死ぬでしょう。その瞬間から魂が身体《からだ》を離れるまで、ちょっとの間があるんだそうですね。その間に、生きてるうちにやったことを全部、パーっと思い出すんだそうですね。これがつらい。もう取り返しはつかないし。

谷川　その瞬間に生き返るってことは不可能なの？

中島　たまには生き返る人もいるんですね、びっくりして。

谷川　しまったと思って。ぼくはね、以前、仮に前世というものがあるとして、自分の前世は何だったかと考えたとき、たぶん前世でも自分は自分だったんじゃないかと思って、すごく怖かった。というのは、現実に生きてく上で、自分自身が邪魔になるっていうことはない？　ぼくは、よくそういうことがあるんですよ。ごちゃごちゃ悩んだり苦しんだり、不安定な状態にいると、自分の前に自分が立ち塞《ふさ》がってるという感じがするわけ。だから、死んですべて無にして、自分がいなくなると思うと快いんだよね。

中島　なんか、精算が済まないと、すっきりしないみたいな気がしませんか？

谷川　精算しなくたっていいんじゃないの？　ツケに回しとけば。

中島　あはは、すごいやあ。

谷川　うーん、どうかなあ。やっぱり無に帰してくれないと困るけどなあ。

（東京・新宿の谷川氏の仕事部屋にて一九八〇年十月二十三日収録。谷川俊太郎『やさしさを教えてほしい』一九八一年九月、朝日出版社刊所収）

二章◉中島みゆきが描く谷川俊太郎

谷川さんのこと

憧れの谷川俊太郎さんと対談できるという夢のような仕事に行った日のことを、私は思い出している。

「あなたは子供を持たないの？」

「へ？」

そういう問われ方をしたことは、ついぞなかった。「結婚は何歳までにしたいと思いますか」とか「理想の男性はどんなタイプですか」ならウンザリする程に人から問われたから、そのつど「そのうち気が向いた時に」とか「アバタもエクボと言います通り、前もってタイプで決めるのは難しいですね」と返事しながら内心「なんちゃって明日突然結婚したりしてねー」などと現実感のないことを不埒に考えている、チンピラな私であった。

あの対談の日、どう尋ねたら困るだろうとか、とっちめてやろうなんて企みは、谷川さんには微塵もなかったと思う。谷川さんの口を借りて、遠い遙かなどこかから私が聞かされるべきだったことを聞いているような時間だった。

「あなたは、子供を持たないの？」

谷川さんの目には、色がなんにも無いみたいだった。時折、茶目、と呼ばれる薄茶色の瞳をした日本人がいるけれど、それとは違う。この人の目にはメラニン色素が一粒も無いんだろうか……　そんなバカなことをポカンと考えながら私は、返事に窮していた。窮した揚句、何か信念か理屈に基いて聞こえるようなことを言わなくてはと格好つけて、私はこんな返事を口走った。

「ええ、この世の中にもう一人私みたいなのが存在してしまうなんて、手に負えませんからね」

自分ではなかなか気の利いたことを答えたつもりだった。

谷川さんは、ふとどこか痛んだような表情をしてから静かに、こうおっしゃった。

「あなた、それは子供に失礼です」

けっして声を荒らげてはいなかった。威圧も軽蔑も含まれてはいなかった。谷川さんの声はあくまでも穏やかで、ただ、透きとおっていた。

出まかせな自己顕示欲を即座に見抜かれてしまった私はといえば、その声を真水のシャワーのように呆然と浴びていた。

「子供には、その子なりの可能性がありますよ」

ああ、そうか、と私はその真水のシャワーが優しく温かいシャワーであったことを感じていた。この人に会えて良かった、と思った。

窓からは東京の、果てもなく連なるビルたちがみんな夕陽の色に包まれて輝いているのが見えていた。

あれ以来十数年ぶりで谷川さんにお会いできた。うちの年末公演中の客席に谷川さんがいらっしゃったと聞いて、スタッフに「ひきとめてっ。羽交い締めにしてでもひきとめてっ」と頼み込んで、お帰りがけのところを楽屋に寄っていただいたのである。

谷川さんは「今日は僕、誕生日なんだ」と照れながら、だからこの舞台を観たことがプレゼントになったんだ、という言い方でねぎらってくださった。

舞台のことだけで手一杯になっていた私は、気の利いたことの一つも言えなかった。谷川さんの活躍を称える言葉も、ましてや作品についての言葉も、何一つ出せなかった。でも、あんまり嬉しそうな顔をしていたのだろう、共演の女優さんが翌日どこからか谷川さんの写真の切り抜きを探し出して来て、プレゼントしてくれた。私は早速それを化粧台の真ん中に飾って、毎日うっとり眺めた。

いかん。これではノロケだ。何を書くつもりだか収拾がつかなくなってきた。

そういえば大学の卒論テーマを決める時に、論を書くなら嫌いな作家を選ぶと書き易いと小耳にはさんだので、そうしてみたところ、あまりにも嫌いで作品を読みきれず、ついに書けずに終わってしまったことがある。それならばと、こんどは好きな作家として谷川さんをテーマに選び直したのだが、しまった、これは余計に書きづらいものなのだとやっと気づいた時には〆切が目前で、担当教授をして「何を研究したかったのやら、さっぱりわからん」と言わしめた迷卒論を、〆切当日に文字どおり駈け込みで提出したのだった。

何を研究したかったのかわからんという評は、実に的確だった。なぜならば私はとにかく谷川さんを研究なんかしたくなかったんである。好きなものを理屈で説明なんかできないわということを言うに言えなくて輾転反側しているだけのミョーな卒論になってしまった。あんなもんを延々と読まされた教授は、さぞ迷惑だったことだろう。

さて、この文章はシリーズ文庫化のためとして谷川さんをテーマに書いている。お話をいただいた時、いくらでも書くことならあるわと鼻息荒くとりかかった。

しまった、また同じことをやっちまったのだと、〆切目前で気がついた。好きな人のことをなぜ好きかと筋道立てて書ききれるわけがない。

というわけで、またもや私は輾転反側している。

忘れる筈《はず》もない一篇の詩

卒業論文のテーマっていうものは、一体いつ頃決めるものなんであろうか。なんにせよ一年生のうちってことはないだろうとタカを括《くく》ってた私は、入学後まもなく卒論テーマを書き込む用紙を配られて呆然《ぼうぜん》とした。しかも

「こんなのまだ書けないよね——」

と話しかけようと後ろを振り返った私は（ド近眼なので最前列の席にいた）ほとんど全員がスラスラと書き込んでいる光景をそこに見て、すっかりあおざめた。……ここですぐに書けるということは受験生の頃から皆なこんなこと考えていたのだろうか……私は夜道で背中にバッサリ切りつけられたような気分になったが、とにかく何か書かなきゃならなかったので急いで文学史年表をとり出した。

資料が豊富で書き易《やす》そうな作家だと、同じことを考えて選択する

学生が多くて結局資料の奪い合いになるから避けた。難解で誰も解釈できないような作品は、めんどくさいから避けた。その作家の研究専門の教授が当大学にいるというケースは、異論をさしはさむ余地もなさそうでつまんないからやめた。ああだこうだと迷ううち
「嫌《きら》いな作家って書き易いんだってよ」

という噂《うわさ》を小耳にはさんだ私は、ここぞとばかりに当時一番嫌いだった某作家の名を書き込んで提出した。

その予定に基いて二年生からのカリキュラムでは各担当の教授のもとで準備を始め、するてえと四年生までには何度も推敲《すいこう》を繰り返して、練り上げたものを提出できるという手筈だった。

しかし私の卒論は、四年生になってもまだな――んも書けていなかったのだった。そりゃまあ確かに、ほどほどに嫌いな作家についてのことだったら次から次へと論でも何でも書けるというものかも知れない。しかしながら私は、その某作家の文があまりにも嫌いで

あり過ぎたので、資料を読むのも「げー」であった。
「嫌いな作家って書き易いんだってよ」
という噂にはこういうウラがあったのかと気づいた時にはもう遅い。切羽詰まって私は一番好きな作家にテーマを変更することにした。私の性格はなかなか極端だった。
「まだ生きている作家だと、結論がまとめづらいですよ」
と教授から忠告されたが、もはやそんなことかまっちゃいられない。私は用紙に
谷川俊太郎
と書き直して事務室へ持って行った。
一番好き、と言ってはもしかしたら語弊があるかもしれない。好きというならその日その時の気分で他にたくさんいたかもしれない。でも、好きは好きだけど
「こりゃまいった」

と最も思った作家、と言えばもっと近い。

――忘れる筈もない。実は私には、谷川俊太郎という名を聞いただけで土下座したくなるような思い出があったのだ。

その二年前の初夏。私が初めてジェット機に乗った初夏。放送局主催の音楽コンテストに応募して、地区予選を通過し東京で行われる決勝大会への出場が決定した初夏。私は、すっかりふんぞり返っていた。どんなもんだい、てなもんであった。私はエライ、私はスゴイ、どうだ皆な羨《うらや》ましいだろう……。決勝大会に出場できることで既に一等賞と大差ないほど舞いあがった私は、道で
「ホラあの人が決勝大会に出るんですって」

とヒソヒソ囁《ささや》く声など聞くと、地面から三十センチも浮いてる気分で笑いが止まらなかった。ふっふっふっふっふっふっ……

やがて大会直前に各出場者に作曲課題というのが届けられた時も、私は完璧《かんぺき》にナメていた。……へぇ、詩人の谷川俊太郎さんが課

題詩を書いてるんだってさ、豪儀だね。それじゃひとつ、曲をつけてしんぜようか……と、ふんぞり返ってその紙を広げた。小さな文字がタイプされていた。

――「私が歌う理由」。

大会では審査員の意見対立で一等賞を決定できず四組を同着とする新しい賞を設定することになり、その中に私の名もあったのでレコードデビューをと誘ってもらったりもしたけれど、私は丁重にお断りすることにした。

私はその時、もう一度初めから考え直したいと決めていた。

「私が歌う理由《わけ》」を。

（卒論は、あまりにも思い入れのある作家というのも、これまた書きづらくて、さんざんだった。）

私の愛唱する谷川俊太郎の詩

私が歌う理由《わけ》

私が歌うわけは
いっぴきの仔猫
ずぶぬれで死んでゆく
いっぴきの仔猫

私が歌うわけは
いっぽんのけやき
根をたたれ枯れてゆく
いっぽんのけやき

私が歌うわけは
ひとりの子ども
目をみはり立ちすくむ
ひとりの子ども

私が歌うわけは
ひとりのおとこ
目をそむけうずくまる
ひとりのおとこ

私が歌うわけは
一滴の涙
くやしさといらだちの
一滴の涙

（谷川俊太郎詩集『空に小鳥がいなくなった日』より）

五月に

二十歳　きみは五月に誕生した
病院の白いシーツの海から立ち上り
きみはさがした　不死の自分を
底知れぬ記憶の中の田園に
はてしない想像力の都市のうちに
五月よとどまれ　きみの額に

〈だれでもその歌をうたえる
それは五月のうた〉と
きみはノオトに書きしるし
その日からきみはもとめた　世界全部を
訛りある懐しい日本語で問いつづけながら

五月よとどまれ　きみの指に
木苺の　風のひかりの　新しい血の
きみの五月にきみは旅立つ
きみ自身を世界とひきかえにした
危険な賭け事に勝ったのは誰だったのか
舞台のくらがりに立ちつくすきみの長身
五月よとどまれ　きみの背中に

（谷川俊太郎詩集『手紙』より）

すいっち

だまってればもう？
くちがぱくぱくしてるだけだよ

こえがのどからでてくるだけだよ
ことばがぽろぽろこぼれるだけだよ
しゃべっているのは　あんたじゃないよ
あんたのかおしたおにんぎょうだよ
あたまのなかでまわっているのは
そこらでうってるろくおんてーぷ
はっきしいってうるさいだけさ
なんどもきいた　ただしいけんを
あいもかわらずくりかえしてる
だまってればもう？
じぶんのからだでかんじたいんだ
じぶんのこころでかんがえたいんだ
まちがえたってこわくない
あんたはわたしのまえにいるけど

なんだかてれびでみているみたい
けしちゃいたいけどすいっちがない
（谷川俊太郎詩集『はだか』より）

ひとりぼっちの大晦日

大晦日にきちんとマルを打って
新しい年を改行して始めたのは昔の話
フータはニセコへスキー
アッコはあいつとハワイ
おれはうちでパソコンいじって
一年は除夜の鐘のテンテンで
次の一年へとつながっていく
それが時間の本質であるからには

けじめなどというものは
一年に一回だけ着る和服みたいに
ナフタリンくさいだけだ
とはいうものの口だけは自然に動いて
オメデトウなんて言ってる
たしかにスーパーのビニール袋の中で
じゃがいもの芽は出かかっている
いのちの力は薄気味悪いよ
「好きだぜ」なんてかっこつけるのも
その力のなせる業なら
おれだって生きてることは生きているんだ
なあアッコ
ハワイなんてなまぬるくないか
どうせならヒマラヤへ行こうよいっしょに

もっと寒いほうがいい冷たいほうがいい
裸はほんとにひりひり痛いよ
かまきりのオスは
かまきりのメスに出会ったことを後悔しない
ロミオがジュリエットに出会ったことを悔いないのと同じように
出会いのむこうにはいつも死がかくれていて
そっちのほうから見ないことには
偶然は偶然のまんま終わってしまうんだ
そんなことすら知らないんじゃあ
それこそオメデタイってなもんじゃないか
パソコンで未来なんて
プログラムできないと知っているから
おれはこうやって遊んでいるよ
コーヒー飲んでる間にやってくる明日は

まるでS・Fの明日みたいにはるかだ
そこでも雀はさえずってるんだろうか
そこでも円周率は無限につづくのか
アッコよそこでもきみの胸は
あんなに白くやさしいのか

（谷川俊太郎詩集『魂のいちばんおいしいところ』より）

三章◉谷川俊太郎が描く中島みゆき

大好きな私

歌うことを前提にして書かれたことばを活字で読むのは、歌を聞くのとは全く違った体験を人に強いる。歌の魅力が時にことば以上に、そのメロディやリズムや歌い手の声によっていることは誰もが知っている。もう三十年も昔のことだが、アメリカのコントラ・アルト、マリアン・アンダソンの歌うシューベルトの「アベ・マリア」を聞いて、そのことを初めて痛切に感じたのを今も忘れない。私が感動したのは「アベ・マリア」の中のごく短いパッセージにすぎない。それはマリアのリの音がアに開いていくほんの数秒で、だがその瞬間に受けたなにか世界が限りなくひろがっていくような感動を、いまだに私はことばにすることができない。そしてまた、ゴスペル・シンガーのマヘリア・ジャクソンが一九五八年のニューポート・ジャズフェスティバルで歌った「主は雀を見守りたもう」の中の、「私は歌う、何故なら私の魂は幸せだから、私は歌う、何故なら私は自由だから」という歌声も、いつまでも私のうちに谺《こだま》している。活字で読めば平凡きわまりないその二行が、マヘリアの声で歌われた時、どんなに深いひろがりを感じさせてくれることか。

歌はことばの隠している意味と感情を増幅する、あるいは誇張すると言ってもいいかもしれない。だがそうすることで、歌は私たちがふだんとらえ損なっていることばの意味と感情を新しくよみがえらせてくれる。メロディとリズムに支えられたひとりの生身の歌い手の声がそれを可能にするのだ。だから活字になった歌のことばは、ある意味ではぬけがらにすぎないと言えるかもしれない。しかしまた音楽と声の助けなしにことばを読むことで、私たちは歌の肉体だけでなく、骨格とでもいうべきものを知ることができる。特にそのことばが、歌い手自身によって書かれている場合には、ひとりの歌い手の心の中にわけいることさえできるのだ。ことばと音楽と声はひとつの歌のうちで、決して分解できぬものとして存在しているのだが、書物は音楽にあふれたスタジオやコンサートホールとはまた違った静けさに人を導く。そのような静けさのうちでしか聞くことのできない隠された声、それを詩と呼んでもいいのではないだろうか。

「夜曲」の主人公はひとりの女の歌手である。その主人公の一人称で、作者である中島みゆきはことばを書き、歌を歌っている。それがいつのことかは分からないが、主人公は男と別れていて、ことばはその別れた男にむかって、主人公が歌いかけるという形式をとっている。主人公の歌手はどうやら作者に似て売れっ子らしい、その歌は深夜ラジオを通して街に流れているのだから。この歌を聞く者が、主人公を中島みゆき自身ととり、そこに彼女の私生活のにおいをかぎとろうとし、ひいては相手である男、彼女が「あなた」と呼びかけているのは誰だろうと、余計な詮索を始めたとしても責めるわけにはいかないかもしれない。この歌には聞く者のそういう心の動きを期待しているようなところもあるのだから。だが、「夜曲」に登場する「私」を、そんなに単純に作者中島みゆきその人であるととらえてしまっていいのだろうか。

「夜曲」というひとつの物語の主人公である歌手、その物語のことばを書いた書き手、それを作曲した作曲者、それを歌った歌手、そしてそれらすべての源である中島みゆき自身……図式的であることを承知の上で考えてみると、そこには何人もの「私」が重なりあって存在しているのが分かる。もちろん作者の「私」がそんなふうに分裂しているわけではない。だが、この一見単純な恋唄がたどってきた創作の過程は、決して単純なものではないのだ。少なくともそこには虚構があり、演技がある。それは歌に限らず創作ということの避けられぬ一面で、それを通してしか作者は読者や聴衆とむすびつくことができない。

もし「私」が中島みゆき自身だとすれば、「あなた」である男は私たちにとって全く見知らぬ人であるはずだ。しかしこの歌を聞く者は、多かれ少なかれ自分自身が「あなた」と呼びかけられているかのように感ずる。そのような力がこの歌にはある。「あなた」という二人称は、歌の中で、特定の誰それを指すことばではなくなって、歌を聞く私たちひとりひとりにむけられたことばになる。その時「私」という一人称もまた、作者を離れて私たちひとりひとりの中に入りこむ、私たちは「あなた」になると同時に「私」にもなるのだ。歌い手だけが主人公なのではなく、歌いかけられている見えない男もまた主人公であることが分かるのだ。私たちはそうして主人公から男へと流れている、強い感情の流れに身を浸す。とともに、そのような感情が生まれる土壌である都市という空間、深夜ラジオが人と人をむすぶこともあるような街のもつ、一種の叙情性とその中での孤独にも目覚める。そこには多分作者自身の経験が生きている、そして意識的であれ無意識的であれ、計算も働いているに違いない。

何年か前に中島みゆきに会った時、私の書いた「うそとほんと」という短詩がいいと言ってくれたことがある。「うそはほんとによく似てる／ほんとはうそによく似てる／うそとほんとは／双生児　うそはほんととよくまざる／ほんとはうそとよくまざる／うそとほんとは／化合物　うその中にうそを探すな／ほんとの中にうそを探せ／ほんとの中にほんとを探すな／うその中にほんとを探せ」という詩である。のちにある対談の中で彼女は「あそこまで言われちゃうと、私、ナンにもやることないんだけどさ」と言っていて、それは私の書いたものをほめてくれているというよりは、彼女自身の書きかた、歌いかた、ひいては人間観を語っているようで興味深かった。

中島みゆきは録音中に、自分の歌を歌いながら泣くことがある、泣きながら歌った歌をそのままレコードにして発売している例もある。その事実は多くの人を困惑させてきた。私自身も対談中にいささかしつこくそのことについて彼女に質問し、「おしえてあげないの」という返事の繰り返しで見事にかわされた経験がある。面白いのは実際の対談中には、彼女はたしかもっとあいまいな答えかたをしていて、校正刷に手を入れる段階で「おしえてあげないの」という、十分計算されたことばが出てきたことだ。その「おしえてあげない」ことの中身におそらく中島みゆきの創作の秘密の少なくとも一部が隠されている。それを彼女は自分自身にさえ隠しておきたいのではないだろうか。うそとほんとが分かちがたく溶け合っている心とからだの一番奥深いところ、歌はそこに根を下ろしている。「うらみ・ます」を初めて聞いて、たじろがない人はいないのではないか。泣きながら歌う中島みゆきの声は余りにも私的だ。実際に彼女は特定の誰かをうらんでいて、その感情をまっすぐに歌っているのだと私たちは思いこむ。だが、同時に私たちはそれが演技なのではないかとも疑う。しかしそういういわば、うそかほんんとかという二元論で語ることのできるのは、せいぜいが作者にまつわるゴシップくらいのもので、歌はそこからはみ出していく。そのような目で読む時、例えば題名の「うらみ・ます」の、うらみとますの間に入っている黒い小さな点はいったいなんだろうというようなことが気にかかってくる。一息に言うのではなく、いったん息をのみこんでいて、その微妙なためらいのようなものが、うらんでいる自分をみつめる、もうひとりの自分の存在を感じさせる。黒い点はいわばからだからわき出る自然な感情の流れを、意味で中断する。

どんなに日常会話に似せて書かれているとしても、歌のことばは日常の会話とは違う次元に属していて、それがひとつのかたちをとることは避けられず、「うらみ・ます」も例外ではない。もしそうだとすれば、中島みゆきの歌いかたに、そのかたちをわざと壊すことで、ある珍しい表現をめざすという意図が、結果としてこめられていたことになるとしても不思議ではない。そのために彼女が、まず個人的な感情を歌のエネルギー源として用いたとしても、それは誰もがやっていることにすぎない。レコードの「うらみ・ます」はスタジオ・ライブで、しかも一回だけの録音でできたということだ。そういう選択にも作者の意図が感じられる。それは賞をもらって泣く新人歌手の涙とは、似ても似つかぬものだ。私たちがもしあの歌にある種の恥ずかしさを感じたとすれば、それは中島みゆき自身がなまなましいからではなくて、彼女の恐らくは半分無意識の計算が、歌の世界の約束事を壊したことに対してだろう。しかしそれを、歌が商品となって売買されるこの時代に対する、あるいはまたそういう世界に住む自分自身に対する、ひとつの抗議ととることもまた、私たちの自由なのだ。

中島みゆきは私との対談の中で、こんなふうに語っている。「たとえば、誰かがうんとあたしのことを思ってくれるとするでしょう。

でも、どんなに思ってくれたとしても、それ以上にあたしを思う人が必ずいるわけ。それはあたし自身なの、あたしがあたしを一番好きなの。……（自分の嫌なところなんか）いっぱいあるけど、全部ひっくるめてすごく好き」。どんなに自己嫌悪を口にする人にも、自己愛は隠れているものだと思うけれど、こういうふうにあっけらかんと自分ののろけを言う人は珍しい。だがこれは額面通りに受けとっていいと私は思う。彼女の虚構や演技の底には、臆面もない自己陶酔もまたあるのだ。自己肯定の強さ、あるいはもっと端的に言えば、うぬぼれは歌い手にとって有利に働きこそすれ不利に働くということはない、それは歌というものを支える生命力そのものと言えるからだ。「うらみ・ます」は、詩を書きながら自分の詩に感動して泣いたという、武者小路実篤の逸話を思い出させるが、その涙は、発せられた瞬間に自分のものではなくなり、他者との共有物になることばの存在ぬきにしては考えられない。

マス・メディアを通して彼女が私たちに示す自分のイメージは、はっきりした両面性をもっている。ひとつは多くの彼女の歌に現れている、報われぬ愛に苦しむ女の姿で、もうひとつはディスク・ジョッキーやコンサートでの語り、それに彼女の書く文章に現れる、笑うのが好きで、曲がったことがきらいで、いわゆる芸能人としての限界の中で、できるだけ当たり前な感覚、当たり前な生活を失うまいとしている女の姿である。もちろん彼女には同時代への抗議や皮肉を歌った歌も少なくないから、歌と語りをその両面に対応させることはできないし、そのどちらがほんとうの中島みゆきかをうんぬんするのも意味がない。レコード・ジャケットや本などに現れる彼女自身の写真が、その両面を示すように見えながら、実は注意深く一種の宙ぶらりんともいうべき抽象性を保っているのは、商売上の要請もあるかもしれないが、中島みゆき自身が大好きな「私」を、ひとつの限定された役割の中に閉じこめまいとしている努力の現れと見ることもできる。

「私」は私ひとりで生きていくことはできない、私は他との関係の中で「私」になる。虚構も演技も、うそもほんとも、どうにかして他とかかわりたいという望みを捨てない人間の生み出した方法論かもしれない。どんな「私」も近よって見れば複雑なものだ。生きて動いている自分をごまかさずにみつめればみつめるほど、自分が分からなくなってくる。さまざまな面を見せる「私」、さまざまな層を隠している「私」、中島みゆきはそういう自分に正直なだけだ。彼女の書くことばの中に名文句を探すのはたやすい。同時に使い古された決まり文句を拾い出すのも難しくはない。だがそれらは別々なものではなく、一体になって歌の魅力を生み出している。歌は決まりきったことばに新しい感情を与える、そしてまた誰でもが知っている慣れきった感情に、新しいことばをもたらす。歌を書く者も聞く者も、そうやって未知の「私」を発見し続けていくのだ。

四章◉中島みゆきの詩 谷川俊太郎の詩

この空を飛べたら
朝のリレー
一期一会
あなた
糸
あい
空と君のあいだに
愛　Paul Kleeに
倶《とも》に
うそとほんと
ファイト！
信じる

この空を飛べたら

空を飛ぼうなんて　悲しい話を
いつまで考えているのさ
あの人が突然　戻ったらなんて
いつまで考えているのさ

暗い土の上に　叩きつけられても
こりもせずに空を見ている
凍るような声で　別れを言われても
こりもせずに信じてる　信じてる

ああ　人は昔々　鳥だったのかもしれないね
こんなにも　こんなにも　空が恋しい

飛べる筈のない空　みんなわかっていて
今日も走ってゆく　走ってく
戻る筈のない人　私わかっていて
今日も待っている　待っている

この空を飛べたら冷たいあの人も
やさしくなるような気がして
この空を飛べたら消えた何もかもが
帰ってくるようで　走るよ

ああ　人は昔々　鳥だったのかもしれないね
こんなにも　こんなにも　空が恋しい
ああ　人は昔々　鳥だったのかもしれないね
こんなにも　こんなにも　空が恋しい

84
谷川俊太郎

朝のリレー

カムチャツカの若者が
きりんの夢を見ているとき
メキシコの娘は
朝もやの中でバスを待っている
ニューヨークの少女が
ほほえみながら寝がえりをうつとき
ローマの少年は
柱頭を染める朝陽にウインクする
この地球では
いつもどこかで朝がはじまっている

ぼくらは朝をリレーするのだ

経度から経度へと
そうしていわば交替で地球を守る
眠る前のひとときに耳をすますと
どこか遠くで目覚時計のベルが鳴ってる
それはあなたの送った朝を
誰かがしっかりと受けとめた証拠なのだ

86
中島みゆき

一期一会

見たこともない空の色　見たこともない海の色
見たこともない野を越えて　見たこともない人に会う
急いで道をゆく人もあり
泣き泣き　道をゆく人も
忘れないよ遠く離れても　短い日々も　浅い縁《えにし》も
忘れないで私のことより　あなたの笑顔を　忘れないで

見たこともない月の下　見たこともない枝の下
見たこともない軒の下　見たこともない酒を汲む
人間好きになりたいために
旅を続けてゆくのでしょう
忘れないよ遠く離れても　短い日々も　浅い縁も

忘れないで私のことより　あなたの笑顔を　忘れないで
一期一会の　はかなさつらさ
人恋しさをつのらせる
忘れないよ遠く離れても　短い日々も　浅い縁も
忘れないで私のことより　あなたの笑顔を　忘れないで
忘れないよ遠く離れても　短い日々も　浅い縁も
忘れないで私のことより　あなたの笑顔を　忘れないで
あなたの笑顔を　忘れないで

あなた

あなたは私の好きなひと
あなたの着るものが変って
いつか夏の来ているのを知った
老いた犬がものうげに私たちをみつめる午后
ひとっ子ひとりいない美術館へ
古いインドの細密画を見にいこう
菩提樹の下で抱き合う恋人たちはきっと
私たちと同じくらい幸福で不幸だ

あなたは私の好きなひと
死ぬまで私はあなたが好きだろう
愛とちがって好きということには

どんな誓いの言葉も要らないから
私たちは七月の太陽のもと
美術館を出て冷い紅茶で渇きをいやそう

糸

なぜ　めぐり逢うのかを
私たちは　なにも知らない
いつ　めぐり逢うのかを
私たちは　いつも知らない
　どこにいたの　生きてきたの
　遠い空の下　ふたつの物語
縦の糸はあなた　横の糸は私
織りなす布は　いつか誰かを
暖めうるかもしれない

なぜ　生きてゆくのかを
迷った日の跡の　ささくれ
夢追いかけ走って

ころんだ日の跡の　ささくれ
こんな糸が　なんになるの
心許なくて　ふるえてた風の中
縦の糸はあなた　横の糸は私
織りなす布は　いつか誰かの
傷をかばうかもしれない

縦の糸はあなた　横の糸は私
逢うべき糸に　出逢えることを
人は　仕合わせと呼びます

あい

谷川俊太郎

あい　口で言うのはかんたんだ
愛　文字で書くのもむずかしくない
あい　気持ちはだれでも知っている
愛　悲しいくらい好きになること
あい　いつでもそばにいたいこと
愛　いつまでも生きていてほしいと願うこと
あい　それは愛ということばじゃない
愛　それは気持ちだけでもない

あい　はるかな過去を忘れないこと
愛　見えない未来を信じること
あい　くりかえしくりかえし考えること
愛　いのちをかけて生きること

空と君のあいだに

君が涙のときには　僕はポプラの枝になる
孤独な人につけこむようなことは言えなくて
君を泣かせたあいつの正体を僕は知ってた
ひきとめた僕を君は振りはらった遠い夜
　ここにいるよ　愛はまだ
　ここにいるよ　いつまでも
空と君とのあいだには今日も冷たい雨が降る
君が笑ってくれるなら僕は悪にでもなる
空と君とのあいだには今日も冷たい雨が降る
君が笑ってくれるなら僕は悪にでもなる

君の心がわかる、とたやすく誓える男に
なぜ女はついてゆくのだろう　そして泣くのだろう

君がすさんだ瞳で強がるのがとても痛い
憎むことでいつまでもあいつに縛られないで
　　ここにいるよ　愛はまだ
　　ここにいるよ　うつむかないで
空と君とのあいだには今日も冷たい雨が降る
君が笑ってくれるなら僕は悪にでもなる
空と君とのあいだには今日も冷たい雨が降る
君が笑ってくれるなら僕は悪にでもなる
空と君とのあいだには今日も冷たい雨が降る
君が笑ってくれるなら僕は悪にでもなる

愛　Paul Klee に

いつまでも
そんなにいつまでも
むすばれているのだどこまでも
そんなにどこまでもむすばれているのだ
弱いもののために
愛し合いながらもたちきられているもの
ひとりで生きているもののために
いつまでも
そんなにいつまでも終らない歌が要るのだ
天と地をあらそわせぬために
たちきられたものをもとのつながりに戻すため
ひとりの心をひとびとの心に

塹壕を古い村々に
空を無知な鳥たちに
お伽話を小さな子らに
蜜を勤勉な蜂たちに
世界を名づけられぬものにかえすため
どこまでも
そんなにどこまでもむすばれている
まるで自ら終ろうとしているように
まるで自ら全いものになろうとするように
神の設計図のようにどこまでも
そんなにいつまでも完成しようとしている
すべてをむすぶために
たちきられているものはひとつもないように
すべてがひとつの名のもとに生き続けられるように

樹がきこりと
少女が血と
窓が恋と
歌がもうひとつの歌と
あらそうことのないように
生きるのに不要なもののひとつもないように
そんなに豊かに
そんなにいつまでもひろがってゆくイマージュがある
世界に自らを真似させようと
やさしい目差でさし招くイマージュがある

倶《とも》に

手すりのない橋を　全力で走る
怖《こわ》いのは　足元の深い峡谷《きょうこく》を見るせいだ
透《す》きとおった道を　全力で走る
硝子《ガラス》かも　氷かも　疑いが足をすくませる
つんのめって　出《で》遅《おく》れて　日は沈む　雨は横なぐりだ
倶《とも》に走りだそう　倶《とも》に走り継《つ》ごう
過ぎた日々の峡谷《きょうこく》を　のぞき込むヒマはもうない
倶《とも》に走りだそう　倶《とも》に走り継《つ》ごう
生きる互いの気配《けはい》が　ただひとつだけの灯火《ともしび》

身代《みがわ》りは要《い》らない　背負《せお》わなくてもいい
手を引いてこちらへと　示してほしいわけでもない

君は走っている　ぜったい走ってる
確かめるすべもない　遠い遠い距離《きょり》の彼方《かなた》で
独《ひと》りずつ　独《ひと》りずつ　僕たちは　全力で共鳴《きょうめい》する
倶《とも》に走りだそう　倶《とも》に走り継《つ》ごう
風前《ふうぜん》の灯火《ともしび》だとしても　消えるまできっちり点《とも》っていたい
倶《とも》に走りだそう　倶《とも》に走り継《つ》ごう
生きる互いの気配《けはい》が　ただひとつだけの灯火《ともしび》

つんのめって　出遅《でおく》れて　日は沈む　雨は横なぐりだ
倶《とも》に走りだそう　倶《とも》に走り継《つ》ごう
風前《ふうぜん》の灯火《ともしび》だとしても　消えるまできっちり点《とも》っていたい
倶《とも》に走りだそう　倶《とも》に走り継《つ》ごう
生きる互いの気配《けはい》が　ただひとつだけの灯火《ともしび》
生きる互いの気配《けはい》が　ただひとつだけの灯火《ともしび》

うそとほんと

うそはほんとによく似てる
ほんとはうそによく似てる
うそとほんとは
双生児

うそはほんととよくまざる
ほんとはうそとよくまざる
うそとほんとは
化合物

うその中にうそを探すな
ほんとの中にうそを探せ

ほんとの中にほんとを探すな
うその中にほんとを探せ

ファイト！

あたし中卒やからね　仕事をもらわれへんのやと書いた
女の子の手紙の文字は　とがりながらふるえている
ガキのくせにと頬を打たれ　少年たちの眼が年をとる
悔しさを握りしめすぎた　こぶしの中　爪が突き刺さる

私、本当は目撃したんです　昨日電車の駅　階段で
ころがり落ちた子供と　つきとばした女のうす笑い
私、驚いてしまって　助けもせず叫びもしなかった
ただ恐くて逃げました　私の敵は　私です

ファイト！　闘う君の唄を
闘わない奴等が笑うだろう

ファイト！　冷たい水の中を
ふるえながらのぼってゆけ

暗い水の流れに打たれながら　魚たちのぼってゆく
光ってるのは傷ついてはがれかけた鱗が揺れるから
いっそ水の流れに身を任せ　流れ落ちてしまえば楽なのにね
やせこけて　そんなにやせこけて魚たちのぼってゆく

勝つか負けるかそれはわからない　それでもとにかく闘いの
出場通知を抱きしめて　あいつは海になりました

ファイト！　闘う君の唄を
闘わない奴等が笑うだろう
ファイト！　冷たい水の中を
ふるえながらのぼってゆけ

薄情もんが田舎の町に　あと足で砂ばかけるって言われてさ
出てくならおまえの身内も住めんようにしちゃるって言われてさ
うっかり燃やしたことにしてやっぱり燃やせんかったこの切符
あんたに送るけん持っとってよ　滲んだ文字　東京ゆき

ファイト！　闘う君の唄を
闘わない奴等が笑うだろう
ファイト！　冷たい水の中を
ふるえながらのぼってゆけ

あたし男だったらよかったわ　力ずくで男の思うままに
ならずにすんだかもしれないだけ　あたし男に生まれればよかったわ

ああ　小魚たちの群れきらきらと　海の中の国境を越えてゆく

諦めという名の鎖を　身をよじってほどいてゆく

ファイト！　闘う君の唄を
闘わない奴等が笑うだろう
ファイト！　冷たい水の中を
ふるえながらのぼってゆけ

ファイト！　闘う君の唄を
闘わない奴等が笑うだろう
ファイト！　冷たい水の中を
ふるえながらのぼってゆけ

ファイト！

信じる

笑うときには大口あけて
おこるときには本気でおこる
自分にうそがつけない私
そんな私を私は信じる
信じることに理由はいらない

地雷をふんで足をなくした
子どもの写真目をそらさずに
黙って涙を流したあなた
そんなあなたを私は信じる
信じることでよみがえるいのち

葉末の露がきらめく朝に
何をみつめる子鹿のひとみ
すべてのものが日々新しい
そんな世界を私は信じる
信じることは生きるみなもと

旅人のうた

110
中島みゆき

男には男のふるさとがあるという
女には女のふるさとがあるという
なにも持たないのは　さすらう者ばかり
どこへ帰るのかもわからない者ばかり
愛よ伝われ　ひとりさすらう旅人にも
愛よ伝われ　ここへ帰れと
あの日々は消えてもまだ夢は消えない
君よ歌ってくれ僕に歌ってくれ
忘れない忘れないものも　ここにあるよと
あの愛は消えてもまだ夢は消えない
君よ歌ってくれ僕に歌ってくれ
忘れない忘れないものも　ここにあるよと

西には西だけの正しさがあるという
東には東の正しさがあるという
なにも知らないのは　さすらう者ばかり
日ごと夜ごと変わる風向きにまどうだけ
風に追われて消えかける歌を僕は聞く
風をくぐって僕は応える
あの日々は消えてもまだ夢は消えない
君よ歌ってくれ僕に歌ってくれ
忘れない忘れないものも　ここにあるよと
あの愛は消えてもまだ夢は消えない
君よ歌ってくれ僕に歌ってくれ
忘れない忘れないものも　ここにあるよと

112
谷川俊太郎

あなたはそこに

あなたはそこにいた　退屈そうに
右手に煙草　左手に白ワインのグラス
部屋には三百人もの人がいたというのに
地球には五十億もの人がいるというのに
そこにあなたがいた　ただひとり
その日その瞬間　私の目の前に

あなたの名前を知り　あなたの仕事を知り
やがてふろふき大根が好きなことを知り
二次方程式が解けないことを知り
私はあなたに恋し　あなたはそれを笑いとばし
いっしょにカラオケを歌いにいき
そうして私たちは友だちになった

あなたは私に愚痴をこぼしてくれた
私の自慢話を聞いてくれた　日々は過ぎ
あなたは私の娘の誕生日にオルゴールを送ってくれ
私はあなたの夫のキープしたウィスキーを飲み
私の妻はいつもあなたにやきもちをやき
私たちは友だちだった

ほんとうに出会った者に別れはこない
あなたはまだそこにいる
目をみはり私をみつめ　くり返し私に語りかける
あなたとの思い出が私を生かす
早すぎたあなたの死すら私を生かす
初めてあなたを見た日からこんなに時が過ぎた今も

お月さまほしい

君が今頃泣いてるんじゃないかと思ったんだ
ひとりだけで泣いてるんじゃないかと思ったんだ
どんなにひどい1日の終わりでも
笑って帰って行った君だから
夜中にひとりで泣いてるんじゃないかと思ったんだ

君をかばう勇気も　なぐさめも
何ひとつ浮かばず　見送った
己れのなさけなさに　さいなまれて
君に何か渡してあげたくて
何かないか何かないか　探し回ったんだ

夜中の屋根で猫は跳ぶ　呼んで跳ぶ　泣いて跳ぶ
夜中の屋根で猫は跳ぶ　呼んで跳ぶ　泣いて跳ぶ
君に贈ってあげたいから
お月さまほしい

夜中の屋根で猫は跳ぶ　呼んで跳ぶ　泣いて跳ぶ
君に贈ってあげたいから
お月さまほしい

にじ

わたしは　めをつむる
なのに　あめのおとがする
わたしは　みみをふさぐ
なのに　ばらがにおう

わたしは　いきをとめる
なのに　ときはすぎてゆく
わたしは　じっとうごかない
なのに　ちきゅうはまわってる

わたしが　いなくなっても
もうひとりのこが　あそんでる

わたしが　いなくなっても
きっと　そらににじがたつ

中島みゆき

記憶

もしも過ぎた事を　総《すべ》て覚えていたら
何もかもが降り積もって　辛《つら》いかもしれない
もしも生まれる前を　総て覚えていたら
ここにいない人を探し　辛いかもしれない
思い出すなら　幸せな記憶だけを　楽しかった記憶だけを
辿《たど》れたらいいけれど
もしも生まれる前を　総て覚えていたら
ここにいない人を探し　辛いかもしれない
忘れてしまったのは　幸せな記憶ばかり　嬉しかった記憶ばかり
そうであってほしいけれど
1人で生まれた日に　誰もが掌に握っていた
未来は透きとおって　見分けのつかない手紙だ

何が書いてあるの
1人で生まれた日に　誰もが掌に握っていた
未来は透きとおって　見分けのつかない手紙だ

思い出すなら　幸せな記憶だけを　楽しかった記憶だけを
辿れたらいいけれど
もしも生まれる前を　総て覚えていたら
ここにいない人を探し　辛いかもしれない
忘れてしまったのは　幸せな記憶ばかり　嬉しかった記憶ばかり
そうであってほしいけれど
1人で生まれた日に　誰もが掌に握っていた
未来は透きとおって　見分けのつかない手紙だ
何が書いてあるの
1人で生まれた日に　誰もが掌に握っていた
未来は透きとおって　見分けのつかない手紙だ

120
谷川俊太郎

詩

愛する人よ
帽子をかぶらずにぼくをふりむいておくれ
木もれ陽があなたの額におちるとき
ぼくは詩の初めての行を書くだろう
だが微風があなたの髪の匂いを運んでくるとき
ぼくは詩を捨ててあなたにくちづけするだろう

時代

今はこんなに悲しくて　涙も枯れ果てて
もう二度と笑顔にはなれそうもないけど

そんな時代もあったねと
いつか話せる日が来るわ
あんな時代もあったねと
きっと笑って話せるわ
だから今日はくよくよしないで
今日の風に吹かれましょう
　まわるまわるよ時代は回る
　喜び悲しみくり返し
今日は別れた恋人たちも

生まれ変わってめぐり逢うよ

旅を続ける人々は
いつか故郷に出逢う日を
たとえ今夜は倒れても
きっと信じてドアを出る
たとえ今日は果てしもなく
冷たい雨が降っていても
　めぐるめぐるよ時代は巡る
別れと出逢いをくり返し
今日は倒れた旅人たちも
生まれ変わって歩きだすよ

まわるまわるよ時代は回る
別れと出逢いをくり返し
今日は倒れた旅人たちも
生まれ変わって歩きだすよ
今日は倒れた旅人たちも
生まれ変わって歩きだすよ

生きる

126
谷川俊太郎

生きているということ
いま生きているということ
それはのどがかわくということ
木もれ陽がまぶしいということ
ふっと或るメロディを思い出すということ
くしゃみすること
あなたと手をつなぐこと

生きているということ
いま生きているということ
それはミニスカート
それはプラネタリウム

それはヨハン・シュトラウス
それはピカソ
それはアルプス
すべての美しいものに出会うということ
そして
かくされた悪を注意深くこばむこと

生きているということ
いま生きているということ
泣けるということ
笑えるということ
怒れるということ
自由ということ

生きているということ
いま生きているということ
いま遠くで犬が吠えるということ
いま地球が廻っているということ
いまどこかで産声があがるということ
いまどこかで兵士が傷つくということ
いまぶらんこがゆれているということ
いまいまが過ぎてゆくこと

生きているということ
いま生きているということ
鳥ははばたくということ
海はとどろくということ
かたつむりははうということ

人は愛するということ
あなたの手のぬくみ
いのちということ

中島みゆき

麦の唄

なつかしい人々　なつかしい風景
その総てと離れても　あなたと歩きたい
嵐吹く大地も　嵐吹く時代も
陽射しを見上げるように　あなたを見つめたい
　麦に翼はなくても　歌に翼があるのなら
　伝えておくれ故郷へ　ここで生きてゆくと
　麦は泣き　麦は咲き　明日《あした》へ育ってゆく

大好きな人々　大好きな明け暮れ
新しい「大好き」を　あなたと探したい
私たちは出会い　私たちは惑い
いつか信じる日を経て　１本の麦になる

空よ風よ聞かせてよ　私は誰に似てるだろう
生まれた国　育つ国　愛する人の国
麦は泣き　麦は咲き　明日《あした》へ育ってゆく

泥に伏せるときにも　歌は聞こえ続ける
「そこを超えておいで」　「くじけないでおいで」
どんなときも届いて来る　未来の故郷から

麦に翼はなくても　歌に翼があるのなら
伝えておくれ故郷へ　ここで生きてゆくと
麦は泣き　麦は咲き　明日《あした》へ育ってゆく
麦は泣き　麦は咲き　明日《あした》へ育ってゆく

こころの色

谷川俊太郎

私がなにを思ってきたか
それがいまの私をつくっている
あなたがなにを考えてきたか
それがいまのあなたそのもの

世界はみんなのこころで決まる
世界はみんなのこころで変わる

あかんぼうのこころは白紙
大きくなると色にそまる
私のこころはどんな色？
きれいな色にこころをそめたい

きれいな色ならきっと幸せ
すきとおっていればもっと幸せ

心音《しんおん》

空は信じられるか　風は信じられるか
味方《みかた》だろうか悪意《あくい》だろうか　言葉を呑《の》んだ
あれは幻《まぼろし》の空　あれは幻《まぼろし》の町
ひりつく日々も眩《まぶ》しい日々も　閉《と》じ込《こ》める夜
誰も触《ふ》れない　誰も問わない　時《とき》は進まない
でも聞こえてしまったんだ　僕の中の心音《しんおん》
綺麗《きれい》で醜《みにく》い嘘《うそ》たちを　僕は此処《ここ》で抱《だ》き留《と》めながら
僕は本当の僕へと　祈りのように叫ぶだろう
未来へ　未来へ　未来へ　君だけで行《ゆ》け

窓《まど》は窓《まど》にすぎない　此処《ここ》に雪は降らない
雪色《ゆきいろ》の絵の中の出来事《できごと》　冷《つめ》たくはない

考えない　どうでもいい　夜が塗《ぬ》り込《こ》める
でも渡《わた》さない微《かす》かな熱　僕の中の心音《しんおん》
ほころびつつある世界の　瀬戸際《せとぎわ》で愛を振《ふ》り絞《しぼ》り
僕は現実《げんじつ》の僕へと　願いのように叫ぶだろう
未来へ　未来へ　未来へ　君だけで行《ゆ》け

綺麗《きれい》で醜《みにく》い嘘《うそ》たちを　僕は此処《ここ》で抱《だ》き留《と》めながら
僕は本当の僕へと　祈りのように叫ぶだろう
未来へ　未来へ　未来へ　君だけで行《ゆ》け
未来へ　未来へ　未来へ　君だけで行《ゆ》け

世界の約束

涙の奥にゆらぐほほえみは
時の始めからの世界の約束
いまは一人でも二人の昨日から
今日は生まれきらめく
初めて会った日のように

思い出のうちにあなたはいない
そよかぜとなって頬に触れてくる

木漏れ日の午後の別れのあとも
決して終わらない世界の約束
いまは一人でも明日はかぎりない

あなたが教えてくれた
夜にひそむやさしさ

思い出のうちにあなたはいない
せせらぎの歌にこの空の色に
花の香りにいつまでも生きて

五章◉谷川俊太郎から中島みゆきへの㉝の質問

質問①金、銀、鉄、アルミニウムのうち、もっとも好きなのは何ですか？

（答）**「嘗めてみた結果、金がもっとも美味だったので、好きです。」**

質問②自信をもって扱える道具をひとつあげて下さい。

（答）**「自信をもって……な物は、ありません。」**

質問③女の顔と乳房のどちらにより強くエロチシズムを感じますか？

（答）**「顔。」**

質問④アイウエオといろはの、どちらが好きですか？

（答）**「いろはのほうが、物語があって好きです。」**

質問⑤いま一番自分に問うてみたい問は、どんな問ですか？

（答）**「今日の宿題は、何？」**

質問⑥酔いざめの水以上に美味な酒を飲んだことがありますか？

（答）**「美味な水以上に美味な酒、というものには、出会ったことがありません。」**

質問⑦前世があるとしたら、自分は何だったと思いますか？

（答）**「忘れてしまいましたが、たぶん私だったただろうと思います。」**

質問⑧草原、砂漠、岬、広場、洞窟、川岸、海辺、森、氷河、沼、村はずれ、島、——どこが一番落着きそうですか？

（答）**「海辺。」**

質問⑨ 白という言葉からの連想をいくつか話して下さいませんか？

（答）**「病院内にある物を、次から次へと連想します。」**

質問⑩ 好きな匂いを一つ二つあげて下さい。

（答）**「雨の匂い。クレゾール消毒液の匂い。」**

質問⑪ もしできたら、「やさしさ」を定義してみて下さい。

（答）**「我欲を、少し控えることだと思います。」**

質問⑫ 一日が二十五時間だったら、余った一時間を何に使いますか？

（答）**「睡眠。」**

質問⑬ 現在の仕事以外に、以下の仕事のうちどれがもっとも自分に向いていると思いますか？　指揮者、バーテンダー、表具師、テニスコーチ、殺し屋、乞食。

（答）「**殺し屋。**」

質問⑭どんな状況の下で、もっとも強い恐怖を味わうと思いますか？

（答）「**鏡に、自分が映らないとき。**」

質問⑮何故結婚したのですか？

（答）「**御縁がなかったので、未婚です。**」

質問⑯きらいな諺をひとつあげて下さい。

（答）「**泣く子と地頭には勝てぬ。**」

質問⑰あなたにとって理想的な朝の様子を描写してみて下さい。

（答）**「雨降りで、休日で、寝放題の朝。」**

質問⑱一脚の椅子があります。どんな椅子を想像しますか？　形、材質、色、置かれた場所など。

（答）**「丸太の輪切り（できれば樹皮付き）から、低い腰凭れと、すっぽりな座面を削り出した椅子が、石の床に一脚。」**

質問⑲目的地を決めずに旅にでるとしたら、東西南北、どちらの方角に向いそうですか？

（答）**「乗り物酔い体質ですので無理でしょうが、北極経由南極経由で、地球を縦に一周なんて、素敵だろうな、とは思います。」**

質問⑳子どもの頃から今までずっと身近に持っているものがあったらあげて下さい。

（答）「**お手玉。**」

質問㉑素足で歩くとしたら、以下のどの上がもっとも快いと思いますか？　大理石、牧草地、毛皮、木の床、ぬかるみ、畳、砂浜。

（答）「**ひんやり、つるつるの、大理石。**」

質問㉒あなたが一番犯しやすそうな罪は？

（答）「**オレオレ詐欺。**」

質問㉓もし人を殺すとしたら、どんな手段を択びますか？

（答）「**茄子の呪い揚げ。**」

質問㉔ヌーディストについてどう思いますか？

（答）**「裸では、怪我しやすいだろうなと思います。」**

質問㉕　理想の献立の一例をあげて下さい。

（答）**「気に入りのそうめん。」**

質問㉖　大地震です。先ず何を持ち出しますか？

（答）**「そのとき手近に有った物。」**

質問㉗　宇宙人から〈アダマペ　プサルネ　ヨリカ〉と問いかけられました。何と答えますか？

（答）**「〈アダマペ　プサルネ　ヨリカ？〉と、口真似します。」**

質問㉘　人間は宇宙空間へ出てゆくべきだと考えますか？

（答）**「出たい人が出ればいいと、思います。」**

質問㉙あなたの人生における最初の記憶について述べて下さい。
（答）「**幼稚園の、お弁当タイム。**」

質問㉚何のために、あるいは誰のためになら死ねますか？
（答）「**目的を考える前に、つい、死んでるだろうと思います。**」

質問㉛最も深い感謝の念を、どういう形で表現しますか？
（答）「**同じくらい嬉しい事を、他の人に贈りたいです。**」

質問㉜好きな笑い話をひとつ、披露して下さいませんか？
（答）「**『隣の家に、囲いが出来たってね』『へー』。**」

質問㉝何故これらの質問に答えたのですか？
（答）「**悪意は無さそうに思えたから。**」

六章● 中島みゆきから谷川俊太郎への㉝の質問

質問① 一年後に超巨大隕石が地球に衝突すると判明したら、いまのうちにしておきたいことは、何ですか？

（答）**「別にありません。」**

質問② 三日後に超巨大隕石が地球に衝突すると判明したら、いまのうちにしておきたいことは、何ですか？

（答）**「とりあえずトイレに行きます。」**

質問③ 病院は、お好きですか？

（答）**「好きではありません。」**

質問④ アレルギーは、ありますか？

（答）**「ありません。」**

質問⑤ 推敲は、多いほうですか？

（答）**「多いか少ないかの基準がわかりません。」**

質問⑥ お好きな朝食メニューは何ですか？

（答）**「特にありません。今は朝食らしきものは特に食べないので。」**

質問⑦ 貰って嬉しい贈り物は、何ですか？

（答）**「いろいろあって、ちょっと答えられません。」**

質問⑧ 贈って嬉しい贈り物は、何ですか？

（答）**「・・・沈黙・・・」**

質問⑨ 銀座ナンバーワンのママと、祇園ナンバーワンの芸妓さん、どちらに膝枕して貰いたいですか？

（答）「**両方とも嬉しくない。**」

質問⑩ 習い事をしたことが、ありますか？。

（答）「**小学生の頃に、お習字の塾に行ってました。**」

質問⑪ 喉がカラカラに渇いた時、最初に飲みたい物は、何ですか？

（答）「**ただの水。**」

質問⑫ 惚れっぽいですか？

（答）「**いいえ。**」

質問⑬ 平和だなあと思うのは、どんな時ですか？

（答）「**自分が死にかけているとき。**」

質問⑭こいつバカだわ、と腹の底で思う相手に対しては、どのように接しますか？

（答）**「黙っています。」**

質問⑮好きな音は、何ですか？

（答）**「松籟《しょうらい》。」**

質問⑯嫌いな音は、何ですか？

（答）**「群衆の歓呼の声。」**

質問⑰雄のイチョウ樹で作った椅子と、雌のイチョウ樹で作った椅子、どちらに座りたいですか？

（答）**「区別がつかないのでどちらでもいいです。」**

質問⑱憧れる仕事は、ありますか？

（答）**「あったんだけどなんだっけ。」**

質問⑲いろんなことを、いつか忘れるようになっても、最後まで忘れたくないことは、何ですか？

（答）**「人の恩。」**

質問⑳海老フライに、かける（つける）ものは、何ですか？

（答）**「タルタルソース。」**

質問㉑行ってみたい、もしくは再び行きたい場所は、どこですか？

（答）**「死後の此処。」**

質問㉒地球を去る宇宙船には、搭乗しますか？

（答）「**往復きっぷが買えたら、搭乗します。**」

質問㉓お気に入りの鳥、もしくは爬虫類の鳴き声を、文字で表していただけますか？

（答）「**ホーホケキョ。**」

質問㉔白夜と極夜、どちらが過ごしやすそうですか？

（答）「**どちらでも。**」

質問㉕〈紺屋の白袴〉的な部分はありますか？

（答）「**あります。**」

質問㉖死ぬほど痛いのと、死ぬほど痒いのとでは、どちらが嫌ですか？

（答）**「両方を経験してみないとわからない。」**

質問㉗ 宮廷晩餐会で完食は、出来そうですか？

（答）**「できません。」**

質問㉘ 停電の夜、どのように過ごしますか？

（答）**「寝て過ごします。」**

質問㉙ 法律的にＯＫならば、一夫多妻を実践したいですか？

（答）**「別に。」**

質問㉚ 化けて出るとしたら、どんな服装で出たいですか？

（答）**「ショーツとランニング。」**

質問㉛　触りたい動物（生物）は、何ですか？

（答）**「お化け。」**

質問㉜　普通のこととして通用してはいるけれど、何故これを改善しようという声が起こらないのか不思議だと言いたい程、自分としては気に入っていないものは、何かありますか？

（答）**「別にないかな。」**

質問㉝　苦手な早口ことばは、何ですか？

（答）**「赤巻紙青巻紙黄巻紙」**

KU

七章●四十二年ぶりの対話

二〇二二年

初の対話が行われた一九八〇年十月から四十二年経た二〇二二年七月、谷川俊太郎の仕事部屋で、本書の企画のために二人の新たなる対話が行われた。

当時は、新型コロナウイルス感染症が日本全域に蔓延し、ほぼピークに達する時期であったので、万全の対策をして二人は対話に臨んだ。

読書、食生活、健康法、加齢、神秘体験、好きな絵本と対話は尽きることがなかった。

編集部

年取ることもおもしろい

中島　お御足、どうなさいました？

谷川　年ですよ、年。だって、幾つだと思う？

中島　九十になられたんですか。

谷川　はい、そうなんですよ。生まれて初めて九十歳になってみたら、やっぱり九十歳って、たいしたもんだよね。足が利かない。

中島　やっぱり人間でしたね。人間じゃないかと思っていました（笑）。

谷川　中島さん、身近な人で亡くなったり、認知症になったみたいな人って、いらっしゃらない？

中島　てんこ盛り。

谷川　やっぱりね。みんな、もうそうなんですよね、今や。

中島　そうなんですね。一人でなんでもかんでもできる人ならいいでしょうけれども、頼りにしている人がポコッといなくなると、いきなり前歯がなくなってどうしましょう、みたいな、そんな気持ちになりますよね。

谷川　前の対談のときに、もう自分が一番好きで、自分に夢中だって、おっしゃったのがすごく印象に残ってるんだけど、今でもそうですか。

中島　はい、相変わらずです。

谷川　じゃ、自分が年取ってきていることなんて、あんまり気にならない？

中島　いやいやいや、もうしっかり年取ってて、それは嫌じゃなくて、おもしろいです。そうか、あれはこういうことだったのかなっていうのがね、少しずつ、身をもってわかってくるのが、おもしろいっちゃ、おもしろいですね。あぁ、あのとき、もうちょっと気を遣うべきだったな、みたいな。

谷川　中年のころは、あのとき、もうちょっと優しくするべきだったとか、あんなひどいことを言ってしまったとかというのは、あんまり考えなくて、全然反省しない人だったんですよ。それが、年取ってきたら、やたら反省してるわけ。もう既に手遅れなんだけどね。

中島　あぁ、しまったなって後悔ばっかりですわ、もう本当に。

谷川　でも、元気そうですね。体は全然大丈夫なの？

中島　はい。別に鉄のように強いわけじゃないですけど、ごく低空をヒラヒラ、ヒラヒラと、普通に。

谷川　じゃ、病院に行ったりしなくて済んでる？

中島　行ってないですね。

谷川　ぼくも、痛いところなんて一つもなくて、病院に行ったことがないんですよ。だから、割と運がいいなと思ってるんですけどね。

中島　今どき、病院と縁のない人って、ほとんどいないですよね。若い人でも、なんやかんやとある。

谷川　じゃ、薬なんかあんまり飲んでない？

中島　風邪薬ぐらいですかね。

谷川　風邪薬ぐらいです、って。そういうの、お年の方が言うと憎らしいですよ（笑）。

中島　可愛げないですかね。大体、周りを見渡すと、高血圧がどうとかみんな言ってますよね。私ね、昔からものすごい低血圧なんです。

谷川　はい。前にちょっと伺ったことがあります。

中島　なので、この高血圧問題は、私には存在しないんですの。

谷川　なるほどね。

中島　相変わらず、うわぁ、今日も下がったなぁ、みたいなことはありますけどね。

谷川　低血圧だったら、手足が冷たくなるとか？

中島　ありますね。手足が冷たくて、全体になんとなくぼうっとしているというのは。

谷川　それでも、あれだけ舞台上でしっかり仕事をしてるっていうのは、なんなんでしょうね。精神力かしら？

中島　好きなことしかしてないからでしょうかね。

谷川　そうだ、そうだ。好きなことなんだ。

中島　ぼうっとしてても、好きなことだけには気が行くんでしょうね。

谷川　ぼうっとしてるとき、やっぱりなんか考えてるわけ？

中島　ぼうっとしたときは本当にぼうっとしてます。先生は血圧、いかがですか？

谷川　ぼくはちょっと高めだけど、測らないで済んでいます。ぼうっとしてるときには本当にぼうっとできるの？

中島　はい。低血圧のぼうっと状態って、お医者さんからは全然同情されないんですの。こんなに低いんですけどって言っても、いや、病気じゃありませんから、動いていれば、そのうち大丈夫ですからって。

夢で見たことが現実に起こる

谷川　今、なんか、おもしろいこととか、あります？

中島　おもしろいこと？

谷川　ぼくはやっぱり年取ってくるにつれて、おもしろいことが減っているんですよ。具体的に言うと、ぼくも車の運転、諦めたんです。八十七歳のどっかの偉いお役人が親子をはねて殺したって聞くと、これはもうちょっとやめておいたほうがいいんじゃないかと思って、もう免許を捨てました。それはね、やっぱり、なんか残念なんですよ。車でドライブをしていた楽しみがまったくなくなったのは。やっぱり、年だなって思いましたね。そういうことない？　ああいうことができて楽しかったのに、今はできないというのは。お酒なんかはどうなんですか。

中島　お酒は、もともと、ほとんどね。

谷川　飲んでないの？

中島　はい。たまに、ぐらいでしょうかね。

谷川　食べ物は？

中島　食べ物で前と変わったといえば、寝しなにものを食べると、もたれるようになったというのはあります。

谷川　たったそれだけ？

中島　学生のころは寝る直前にラーメン、食べていたんですよ。で、起きたときには、お腹すいてたんです。それが、三十、四十ぐらいになって、ラーメンは重いわと思うようになって、うどんとかそばになったんですね。それでも、寝しなに食べていたんです。それが最近、寝しなにサンドイッチを食べると、翌朝が盛り上がらない。これって年？　と思うようになりました。ということで、夜中のラーメンの楽しみがなくなりました。

谷川　眠れるの？　夜は。

中島　なんぼでも寝ます。一日中、いつでも寝ます。

谷川　やっぱり低血圧の功績がそこに出るわけだ。で、夢なんか見ないんですか。

中島　てんこ盛り、見ます。夢、楽しい。

谷川　怖い夢とかはないの？

中島　怖い夢、ほとんどないですね。お調子もんな夢ばっかり見てます。次から次へと、少なくとも三本立てとか四本立てとかなので。夢見ていると、あぁ、充実だなっていう感じです。

谷川　あれ？　夢はごらんになりません？

中島　うん、全然見ないんですよ。見たとしても、朝、ケロッと忘れちゃっていて、全然思い出せない。

谷川　夢で見たのが現実に起こる。デジャヴ？って言うんですか。これがまた楽しいこと。なんの役にも立たないんですけどね、デジャヴって。

中島　でも、それがなんか歌のネタになるとか？

谷川　ならないです。なんか、こうやってしゃべってて、あぁ、私、おんなじこと、夢の中でしゃべってた、みたいなだけのことですから、それがなんの役に立つっていうのでもないんですけど。

中島　でも、生きててなんかの役に立ちたいと思ったことあるんですか。

谷川　役に？

谷川　割と若いころは人の役に立ちたいとか思うじゃないですか。そういう発想はなかったんじゃないのかなと思いますけど。

中島　邪魔にならないようにって、迷惑かけないようにぐらいが精いっぱいですかね。

谷川　夢の中でも同じなんですね。

中島　そんなもんですね、はい。夢の中でも自分の性格って変わりませんもんね、結局ね。

谷川　自分のその性格は嫌じゃないから、自分が一番大事、好きだっていうことになるわけ？

中島　好き、好きだけども、失敗は多いということです。直んないもんですね、性格って。

谷川　直っちゃったら、やっぱり問題があるような気もするけどね。

中島　何を機会に性格って変えられるんでしょうね？

谷川　でも、生活の形はいくらでも変えられるわけでしょう？　結婚したり、離婚したり、就職したり、クビになったり。そういうこととは関係なく、自分がいるんだよね。

中島　そうですね。

体がそれを求めてる

谷川　この前の対談のときも同じようなことを訊きましたけど、今、どんな生活してるんですか、一日、朝起きてから。

中島　あのときは、エンゲル係数の高さの話から始まったんですよね。なんせ、このコロナ禍の中で外へ出ないということもありますし、寝しなのラーメンをしなくなったように、食事がだんだん、小粒になってきてますわね。

谷川　ぼくなんかも、本当に食が細くなってきてね。しかも美食にもう全然興味がなくなっちゃって、なんか、粗食が一番いいみたいなふうになってるんですよ。

中島　はい、はい。

谷川　体がそれを求めてるみたいな感じがするから。

中島　お米っていいですね。

谷川　特に玄米がいいですね。

中島　私、米の麺が好きです。

谷川　ビーフンとか、そういうやつ？

中島　フォーとか。前に仕事でベトナムへ行ったときに、車の運転手さんがアジア人は米で代々育ってるんだから、米を食わなきゃだめだよ、みたいなことを言ってたんですよね。そのころは、私、まだ、せっせとパンを食べてましたから、「そうかしら？」ぐらいに思ってたんですけど、ここへ来て、なんか、米って体がほっとするという気がしてきて。あぁ、やっぱりアジア人なんだなって思います。

ほっとする瞬間

谷川　食べ物じゃなくて、ほっとするときとか、ほっとする場所とか、ほっとするものとかってあります？

中島　年がら年中、ほっとしてるかもしれない。仕事のときは別として。

谷川　仕事のときはほっとしない？

中島　うん。とっても緊張してる。

谷川　その仕事の最中にほっとするときというのもあるんですか。たとえば、いい歌ができたとか、今日はうまく歌えたなとか、それでちょっと終わってから打ち上げで一杯飲むとかさ、そういうのっていうのはない？

中島　ないですね。そもそも、打ち上げって行かないんですよ、私。

谷川　ぼくも全然そうなんですけどね。

中島　一番最初に、みんなで、よろしくね、乾杯みたいなときとか、一番最後の日のお疲れさんでした、乾杯っていうのは行きますけど、さあ、今日のコンサート、終わった、みんなで打ち上げ、地元のおいしいものを食べにというのは、昔は行ったんですけども、あるとき、その打ち上げで、めちゃめちゃのどを潰したときがありまして。のどの先生のところに行ったら、しゃべるのどと歌うのどの使い方って違うから、歌うのどでもう充血しちゃってるときに、飲みに行ったりしたら、しゃべるでしょう？　その違うところで負担をかけたら、のど、ボロボロになりますよって言われたんです。だからそれからは、ホテルに帰って、黙ってお弁当を食べるようになりました。だから、そのころから黙食には慣れてるんですよ。じーっと。全然問題ないです。そう、ホテルに帰って、ご飯を食べるときがほっとしてるのかな。

谷川　じゃ、娯楽はなんですか。
中島　娯楽ですか。
谷川　テレビを観るとか、映画を観るとか、芝居を観るとか、なんかそういう類いのものは？
中島　なんでしょうか。本を読んだり。
谷川　本は読むんだ？
中島　ゆっくりですけどね。
谷川　目は、大丈夫なの？
中島　はい。

読むこと、書くこと、聴くこと　そして漢和辞典の楽しさ

谷川　ぼくはもう本を読むのがちょっときつくて。白内障の手術をしたんだけど、やっぱりもうコントラストが弱っているから、

白地に黒い活字で大き目な字というコントラストの強いものなら読めるんだけど、青い紙に青い活字なんていうのは全然読めない。

中島　それはもともと嫌です。そういう意地の悪いのって、ありますけどね。

谷川　だから、今は読み聞かせしてもらうことが時々あるんですよ、コンピューターで。Audibleとかオーディオブックとかね、何種類かあって、それはスイッチ入れると、自分の選んだ本を俳優さんか声優さんかなんかが読んでくれるわけ。淡々と読んでくれるのはいいんだけど、時々、やたら感情を込めちゃう人がいてね、そういう人のは、ちょっと聞いてられないんだよね。

中島　そんな便利なものがあるんですね。そうか、うまいぐあいに私はもともとすごい近眼だったので、眼鏡を外せば小さい文字でも読めるんですよね。

谷川　大丈夫なんだ。

中島　このコロナ禍になって、表に出る仕事っていうのはしなくなったので、よく聞かれるんですよね、何してるんですかって。コンサートできなくなったら、なんにもすることないんじゃ？って。いやいやいや、出職が居職になっただけのことで、仕事はしてるんですけどねっていう感じで、まあ、居職の生活ですわね。

谷川　どういうこと？

中島　書き仕事。

谷川　今でも原稿は手書き？　それともワープロ？

中島　手書きです。

谷川　原稿用紙？

中島　はい。原稿用紙に縦書きです。横書きの場合は、レポート用紙に書いたものを打ち出してもらってチェックということはありますけれども。字って書くこと自体がなんか、楽しいなって。

谷川　いいですねぇ。ぼくは子どものころから書くこと自体が苦しくてさ。だから、詩を選んだんですね。長いものを書けないから。それに、字を書くのが下手で嫌いだったから、ワープロが出たとき、これはものすごいありがたいことだと思って。現物を見に行ったらね、当時のワープロって、電気冷凍庫ぐらいの大きさなんですよ。まさか、これをうちに持って帰るわけにもいかないしと思ってたら、あっという間に、平たくてコンパクトなものが出てきた。しかも、最初はできる語彙が限られていたのが、どんどん、どんどん言葉が増えてきて、ちゃんと構文もよくできてみたいなことで、ワープロは本当、福音でしたね、ぼくにとっては。あれがなかったら、たぶん、俳句しか書いてなかったと思って。

中島　そうですか。私、機械はだめだな。叩いて直る範囲の機械まででしかだめですね。コンピューター系、叩いちゃだめですよね。

谷川　でも、中島さんだったら、コンピューターがちょっと怖がって直っちゃうかもしれない（笑）。

中島　えぇ、嫌だ。私も読みづらい字なので、外へ出すときには、傍にいる人間コンピューターに頼んでワープロ変換してもらうんですけれどもね。自分の範囲内では、なんて言うんでしょうかね。字は下手だけど、文字を書くと、この文字をどうしてつくったのかなっていうところへさかのぼっていけるような気がして、楽しいんですよね。ここにお日様の日が入ってるっていうことは、なぜだろう？　何を考えて、日をつけたのかな、みたいなことを考えるとワクワクしますわね。漢和辞典で同じ意味の漢字がゾロゾロゾロと出てくると楽しいですね。楽しみがいっぱいあるみたいな。学生のころ、夢でしたもん。大きな漢和辞典、欲しいっていうのが。

谷川　でも、高かったよね。

中島　高いんですよね。ゼミの先生とかが、大層立派な漢和辞典を机の上にドンと置いていらっしゃって、あれ、欲しいな、どのくらいバイトすれば買えるのかなって思いました。ずいぶん大人になってから、買えたときは嬉しかったですね。

谷川　普段書くものとは違って、歌の歌詞の場合は、漢字、平仮名というのは関係ないような気がするけど、その辺はどうですか。

中島　たしかに、音楽に乗せるときには、耳から入る音は同じですけどね。でもね、歌詞を何かに紹介するとき、自分で書いた漢字が間違ってると、ちょっとムッときますよね。その字じゃないんだけどな。意味、違うでしょう？って思いますけどね。

谷川　原稿用紙は縦書きということだけど、歌詞の横書きは、そんなに気にならないでしょう？

中島　歌詞は、譜面と連動していますからね。譜面の縦書きはちょっと無理だと思う。

谷川　エッセイとかを書くときは、もちろん縦書き？

中島　縦ですね。ワープロで打ってもらうときに、最終的に横書きになる文章で、レイアウトに合わせて横で渡すことはありますけれどもね。本当は縦のほうが好きだな。最近、気が付いたんですの。自分の目は、やっぱり縦に動いてるなって。横にたどっていくと、見落とすものが結構あって、縦に見たほうが見落としが少ないように思いますね。

谷川　ぼくが万年筆を全然使えないのは、万年筆っていうのは横書き用にできてるんですよね。左から右へ。だから、縦書きで書いてると、手でインクを擦っちゃうわけ。インクが乾かないうちに手が移動するから。だから、万年筆は、絶対、縦書き用のものではないということがわかった。

中島　私も、万年筆、だめなんですの。プレゼントとかって大変結構なのをいただいたりするんですけど、すぐにペン先を割っちゃうんです、ペリッて。

谷川　筆圧、高いのかな。

中島　そうっと書いてもペリッ。私には合わないんだと思って、ボールペンを使っています。

好きな作曲家は？

谷川　自分で歌を音楽にするときは、やっぱり五線譜に書いたりするの？　それとも録音して、それを誰かに起こしてもらったりしてるの？

中島　いえいえ、自分で書きます。

谷川　手書きで五線紙に書く？

中島　はい。録音作業に入る前にね。それはやっぱり伝達しなきゃならないので、具体化して譜面に起こして書きますわね。だけど、なんか足りないなって思うときがあって、細かいことまでは書けないので、具体的にすればするほど、なんか落ちてるなっていう気はしますけどもね。

谷川　そういえば、武満徹が、やっぱり演奏記号なんか、自分なりに考えて書き込んでたのがあったな。アンダンテとかクレッシェンドとかっていう、決まり切ったやつじゃ、なんか違うかなって。

中島　あとはもう現場に行って、実際、歌って、音、出してみて、なんとなくな部分をその場でつくっていく。私、音楽学校とか行ってませんから、無理して正確に書こうとすればするほど、むちゃくちゃになっていくんですよ。

谷川　正確に書くなんていうのがもう既に古いんじゃないの？　きっと。

中島　なんですかね。書かない人も多いらしいですからね。譜面、書かない人は音楽できないかといったら、そんなことはないですもんね。

谷川　全然、そんなことないですよね。

中島　あれ？　楽器とか、なんかなさるんでしたっけ？

谷川　全然だめ。手がぶきっちょだから。字を書くのがだめなぐらいだから、楽器なんか全然だめ。もう聴く一方で、聴くのだけは熱心ですけど、聴くものが、年齢によってどんどん変わっていくんですね。最初ぼくが惹かれたのは、「海ゆかば」っていう、信時潔さん作曲の曲なんですね。信時さんはドイツで勉強した人だから、ハーモニーの使い方がドイツ流なんですよ。幼いぼくは、どうもそれに痺れたらしいんですね。戦時中にラジオでニュースが流れるとき、日本が勝つと「軍艦マーチ」が鳴って、負けると「海ゆかば」が流れるわけ。だから、「海ゆかば」が流れると、「あぁ、負けた」ってわかる。でも、ぼくは勝ち負けには全然関係なく、歌詞も関係なく、きれいなハーモニーに酔って、それがクラシックの一番最初の出会いなんですね。もう少し経つと、ベートーヴェンとかブラームスとかっていうふうに行ったんですけどね。年齢によって本当に好みが変わるんですよね。クラシックの音楽なんて聴くの？

中島　はい。結構好きです。

谷川　好きな作曲家とかいます？

中島　これまた、しょっちゅう変わるんですけどね。でも、あんまり現代音楽はわからないです。なら、本当にクラシックっていうほうがいいですね。

谷川　現代音楽と言ったって、いろいろあるんだけど、一番新しいところでどの辺までならいいの？　チャイコフスキーとか、ドビュッシーとか？

中島　ドボルザーク、その辺は平気ですよね。

谷川　それよりちょっと新しくなると、もう平気じゃなくなるわけ？

中島　うーん、なんか、あんまり変則的であることを目指そうとし過ぎているのは、作意を感じ過ぎて嫌になっちゃうみたいな。

谷川　作意を感じる音楽って嫌ですよね。でも、それを武満徹なんていうのは本当に世界的に一番先端にいる作曲家だったんだけど、彼がつくる歌には本当にきれいなメロディーの歌があるんですよ。だから、彼はもともとがそういう人なんだと思うんですけど、難解な現代音楽的なものを分厚く書くということが、彼にとっては自分のやりたいことだったらしいんですよね。だから、歌なんて本当は自分で軽視しててさ。

中島　クラシックはどんなものを聴かれているんですか。

谷川　それが、近頃はいつの間にかハイドンになっちゃって。ハイドンのしかも弦楽四重奏曲というのを次々に聴いているんですけど、でも、その中で好きなものは本当に第何番の第何楽章の第三小節みたいな、本当にこんな短いところなんですよね、一番好きなのは。

中島　バッハも、いいですね。

谷川　あれも毎日のお米のご飯みたいに聴いてるんですけどね。ぼくは大体、欲しいものは今でもCDで買ったりしますけども、クラシック専門のサイトがあって、作曲家別になっているのね。曲はそこでは選べないんだけど、でも、二十四時間ずっとハイドンならハイドンが流れていて、次々にいろいろな曲が聴くことができる。今は、主にそういうので聴いてますね。どうしても取っておきたいものは、コンピューターに録音することもあるけれども、やっぱりCDで絵がついてるほうがいいよね。

中島 説明文を読みながらちょっと聴いてる、あの感じがいいなとね。

谷川 あれ、いいですよね。

ぼくはやっぱりゴリラだったってわかった!

谷川 さっき、娯楽は本を読むことだと言ってましたけど、どんな本を読んでるんですか。たとえば最近読んだ本って何?

中島 片っ端から読んでます。うちの両親が私がまだ小学校に入る前くらいに月賦で揃えてくれた世界文学全集っていうのがあったんです。でも私、ずうっと小ばかにして読んでなかったのね。こんなのよりおもしろい本、なんぼでも出てるのに、こんな昔の本ばっかりという感じで、もうカビ生え放題でほったらかしてたんです。それがここへきて、ふとね、カビをはらって、掃除して、読み出しましたね、片っ端から。

谷川　ぼくも本当にそうなんですけどね。我々の同業者というのは、すぐやれドストエフスキーだトルストイだとか言うでしょう。そういうのは、ぼくは全然読んだことなかったんですよ。それが中年以降ね、ボチボチ読んで、ちょっとおもしろいなと思って、今や、夏目漱石ですよ。

中島　おぉ！

谷川　それから、今まで小説は読んだけど、随筆なんてほとんど読んでなかったのが、読み始めたら、これがおもしろくて。

中島　なんなんでしょうね。読み方が変わったのか、何が変わったのか。

谷川　自分が変わったんですよ、やっぱり。
中島　あんなに小ばかにしていた本が、よく読むと大層なことを言ってるかもしれないと思ってますね。それでも、あまり長過ぎるのは、集中力、切れたりしますから、ほどほどに。
谷川　旅先に文庫本とかを持っていくとかっていうことはしない？
中島　持っていきます。
谷川　やっぱりちゃんと紙に活字で印刷してある本ですね？
中島　そうです。
谷川　今流行りのものは使わないんですね？　スマホとか。
中島　私、乗り物、酔っちゃうんです。動体視力って言うんですか、弱いみたい。だから、車の中で文字を読むと、酔っちゃうんですよね。スマホの画面って、指でツイッてやると、動きますでしょう？　あれ、見てるだけで気持ち悪くなっちゃう。
谷川　でも、それって、自分でやってるんでしょう？

中島　いえいえ、私、自分ではやらないんです。人様のをツイッてやるのをちょっと見て、要らない、要らないって。ほんでまた、最近のアニメなんかも、テンポが速くて、切り替えもものすごく速いでしょう？　目がついていかなくてね、ぐあい悪くなってきちゃう。

谷川　それでも、アニメの筋はわかります？

中島　速すぎるタイプのは、そこまでちゃんと見ないですね。

谷川　ぼくは小説を読んでてね、登場人物のその場その場の状況なんかはある程度わかるんだけど、筋が全然覚えられないんですよ。映画でもそう。なんかの映画が、すごいおもしろいんだよって言うと、「どういう映画か筋を言ってみな」って言われても、全然言えない。誰と誰がどうしたなんていうこと、全然覚えてないっていうか、興味がないのかな。だけど、あの女優のクローズアップはきれいだったとか、あの場面はすごくよかったというのは言えるんですよ。そしたら、これ、前にもいろいろな人に話してるんだけど、京大に、ゴリラの研究をしている山極壽一という先生がいらして、その人に聞いたら、ゴリラは物事の流れで記憶してるんじゃなくて、絵で記憶してるんだって。その話が結構感動的だったんですけどね。つまり、ぼくはやっぱりゴリラだったということがわかったんですよ。

中島　えっ？

谷川　絵としての記憶しかないの。だから、自分の先祖の誰々がこうしてああしてといった物語の筋は全然覚えられないんだけど、あの婆ちゃんがあの部屋でなんとかしてたときは……みたいに絵として思い浮かべられることは言える。どうも、それと詩を書くことに関係があるのかなと思ってるんですけどね。

中島　本なんかでも、同じ本を四、五回読むと、一番最初ってストーリーだけしか頭に残らないですよね？　ああして、こうして、こうなった、と。でも、同じものを四回、五回ぐらい読むと、ストーリーよりも、ある場面だけが切り取って残るんですね。

谷川　そうか。じゃ、四、五回読まないとだめなんだ。でも、ドストエフスキーとかの分厚い本を四、五回読むなんて、とんでもないよ。

中島　あの分厚いのはね。また、名前がねぇ。

谷川　そう。ロシア人の名前って、本当、困りますよね。今度のロシアとウクライナの戦争でもね、敵と味方の名前がよく覚えられない。

中島　しかも、同じ人の名前が愛称とかで違うものに変わったり、発音できないような名前も出てきて、とても覚えられないですね。でも、いろいろな本の読み方ってあるもんですね。新聞は紙でごらんになるんですか。

谷川　もうそれは習慣ですよね。親の代から、朝になったら朝刊が来る。それをなんとなく見るというのがくせになっちゃってて、電子メディアでも読めるんだけど、なんかバッと広げたときに、チョンチョンチョンと興味があるものがあるというのがよくて、スマホとかの大きさだと、なんか頼りなくてだめなんですよ。でも、最近の新聞はつまんないことばっかり書いてあるから、ここ二十年ぐらいは、死亡広告ばっかり見てますけどね。ところが、このごろは知っている人たちが、みんな死んじゃってさぁ。死亡広告が全然新鮮じゃないの。つまんないですよ。

中島　ならば、辞書。

谷川　辞書?

中島　バサッと適当なところを開けて、へぇ、こんな言葉がっていう楽しみはやっぱり辞書ですよね。

谷川　なるほどね。辞書的なものが、好きなわけね。

中島　すごい楽しいですね。まぐれ当たりみたいなことってありますもんね。

谷川　子どものとき、どんな絵本が好きでした？　よく、浦島太郎ですか、桃太郎ですかって訊かれるでしょう。でも、さっき言ったように、そのころからもう物語がだめで、図鑑的な、今の自動車みたいなのが好きで、そういうものしか覚えてないんですよね。

時間を超えて一緒にいられるかなと思うんです

谷川　ぼくはやっぱり年取って、ずいぶん自分が変わったと思いますよ。

中島　あぁ、そうですか。

谷川　前の対談本で、ぼくは死んだら何もなくなる、無になるって言ってましたよね。

中島　はい。

谷川　それに対して、中島さんは反対してらしたんですよね。死んでも、実は魂があるはずなんだ、と。ところが、今はぼくも完全に魂があると思ってるわけ。それが一番大きな変化でしたね。心理的、精神的経験をした後で、魂というのはだんだんわかってくると言えばいいか、やっぱりあったんだ、みたいになるのかなと思ってるんだけど、今はどうですか、魂。

中島　はい、もちろん。

谷川　ぼくがどうしてそう考えるようになったのかは、簡単に言えないんですけども。たとえば、親戚の者が死んだり、身内が死んだりとかっていうときには、あんまり魂に行かないんですよ。でも、自分が愛着のある友達とか、愛着のある動物とかが死んだときに、なんか自分の心とか精神だけじゃ間に合わない感じがするんですよね。そうすると、どうしても魂という言葉を使いたくなる。それで、そういうふうなときには、魂を実感できると安心するのね。やっぱり死んだ後にはあいつがいるんだ、みたいな。だから、そういうところで実際の経験がだんだん、魂というイメージをつくっていくような気がする。あの対談のころは、まだ経験が足りなかったんですね。

中島　若かったんですかね。

谷川　本当に。今や、反省していますけど。でも、魂っていう言葉が日本語じゃなかなか、うまく使えなくてね。ぼくが詩の中で初めて使ったときは、カタカナで「タマシヒ」って書いてましたね。だから、あの漢字の「魂」とはちょっと違うんだぜって言いたかったんだね、きっと。中国由来じゃないものがあるはずだ、みたいな。それに、我々の世代だと、戦争中に大和魂とかって言われてたから、みんな、抵抗があるんですよ、魂にね。

中島　なんか意味が違うものがちょっと持ち込まれてしまいましたもんね。

谷川　今、どうですか、魂は？

中島　はい、相変わらず。やっぱり、有機物じゃないものと触れたいんですね。

谷川　ぼくは目に見えないものっていうのは、すごく自分にとって大事だと思っているんだけど、有機物じゃないものっていうと、手でも触れられないし、耳にも聞こえないし、なんかこう、空気みたいなものということ？

中島　もちろん、有機物はどんどん変わっていって、いずれは終わるわけですよね。有機物がつくり出したイメージが魂というよりも、魂にとりあえず乗っかっている有機物みたいなふうに考えると、有機物はとりあえずこっちに置いといて、この魂の部分で話ができないものかなって。昔、ヨーロッパの古いお城みたいなところを借りて撮影したことがあったんです。次の日は朝が早いし、ホテルまで遠いからっていうので、かつての城主の奥さんのお部屋に泊めてもらったんです。それでベッドで寝ていたら、夜中に衣擦れみたいな音がして、人が近づいてくるのがわかるんですね。言葉を話すわけでも触るんでもないけれども、そこにいてもらっては嫌だというのが伝わってくる。そこは私の場所である、あなたにいてほしくないっていうのが伝わるから、「はい、はい」って、ソファに行きました。そうしたらもうその気配はなくなりました。

谷川 移動するだけでOKだったんですか。

中島 きっと、そのベッドがその人のものだったから、嫌だったたんですね。そこにいてほしくない、と。それは言葉でもなかったし、触ったんでも、声でもなんでもなかったけれども。私も、「すみません」と声に出したわけではなかったんだけれど、有機物じゃない何かとの対話って、たしかにあったと思うんですよ。それは、時間を超えるんですよね。その人がそこにいたのは、もう何十年、何百年も前のはずだから。しかも、その国の言葉がわかるわけがない。なのに、何かを伝えているんですよ。そういうことに触れることができるなら、有機物は時間が経てば消えちゃうけど、時間を超えて一緒にいられるかなと思うんですよね。

谷川　なんか、波みたいものがきっとね、あるんですよね。

中島　それを「魂」と呼ぶんだったら、それも素敵だなと思ったりするんですよ。あんまり、おどろおどろしい格好をして出てこられるのは嫌ですけどね。それこそ、目に見えるっていうこと自体が、ヘンといえばヘンですよね。

谷川　そうか、そうか。本当の魂は、目には見えないわけだ。

中島　目に見えるものは魂じゃない。でも、楽しみですね。

谷川　何が？

中島　谷川さんの魂に、今度、いつ、お会いするかしらって。数百年後にお会いするかしら。

谷川　それだったらすごいね。数百年後に会えたら。

中島　数百年後にスイッと会ったら素敵ね。

谷川　やっぱり西洋のほうが、ちゃんと魂が保持されてるのかな？日本はすぐ、人魂がどうのこうのと、怖がっちゃうから、だめなのかもしれない。

中島　そう、目に見えるものに転化しちゃうから。

谷川　目に見えないものを信じる人って、きっと今でもいるんだろうと思いますけど、そういう人がだんだん少なくなっていくような気がするね。

中島　暑い季節にお墓参りなんかしてるときに、ふっと冷たい風が頬をなぜてくれたりするとき、ありませんか。そういうふうな出会いができればいいですよね。

谷川　なんか、いい終わり方じゃない？

中島　では、三百年後に。

KU

「やさしさ」と「いま・ここ」

谷川俊太郎

四十年前、ぼくが『やさしさを教えてほしい』という本の中で対話した人たちは、ソーシャルワーカーの奥川幸子さん、文化人類学者の原ひろこさん、詩人の永瀬清子さん、ぱくきょんみさん、作家の森崎和江さん、シンガー・ソングライターの中島みゆきさんで、当時、バブル期に入る前のちょうどいい時期に「やさしさ」について、6人の女性たちと熱く語らっていたというわけです。

その頃、ぼくは、「一夫一婦制」にとてもこだわっていて、一夫一婦制を守るって言いながら、夫婦の危機もあって、守れないでいる自分がいて、自分の中ではドラマがあったんです。

この四十年のあいだに、ぼくは離婚して再婚してまた離婚をして、ということがあり、母親は認知症になり、父親はインテリタイプで、我々とは距離を取っていた。

家族の形を考えると、当時、ぼくは父親がこわいって感覚があって、何も言えなかった。現在のぼくの息子との親子関係とはだいぶ違っていて、いま、ぼくは息子と一緒に仕事ができているわけだから、関係がずっと近いって言えると思います。

当時、ぼくが「やさしさ」という言葉にこだわっていたのは、D・H・ローレンスの『現代人は愛しうるか』という本の中にtendernessという言葉が出てきて、ぼくはそれに飛びついちゃったところがあって。tendernessがあの本のキーワードだったんだけど、今それを読み返してみたら、to be tenderなんですよ。名詞じゃなくて、teach me to be tender、「やさしくあることを教えてくれ」っていうんだから、そっちのほうがあの本にはふさわしかったんだけどね。

その大分後になるけど、アラーキー(荒木経惟)と一緒に『やさしさは愛じゃない』(幻冬舎、一九九六年)という本を出したでしょ。あの頃から、「やさしさだけいってもしょうがない」みたいなことははっきり思っていましたね。

それから、これはあんまり関係ないんだけど、いまは日本がどんどん衰えていってる感じがあるでしょう？　でもこの頃はそんな感じはまだ全然なかった。だから、いまになると、この時代は良かったなみたいな感じがあるんですよね（笑）。

大体ぼくは、当時から国家っていうものがあんまり好きじゃなかったところがあるんです。だから、逆に日本の国力が落ちてきたときに、むしろ「国家っていうのはかわいそうだな」みたいな感じになったんですよね。どっちかっていうと、国に対しては反体制的なところが多かったし、いまでももちろんそうなんだけれども、でも、その体制自体が脆弱さっていうのかな、政治家にしろ何にしろ、ヤワになったという感じがするんですよね。まあ、もともとヤワでいいんですけどね。

生物学者の福岡伸一さんが『やわらかな生命』（文藝春秋、二〇一三年、後に『やわらかな生命——福岡ハカセの芸術と科学をつなぐ旅』として文庫、二〇一六年）という本を出されています。よく読み返したら、やっぱりtenderというのは、結構深い言葉なんだ、tendernessっていうのは、命の一つのかたちとしてあるなってことを思いましたね。

今は「かわいい」なんていうのがすごく肯定的な言葉になっているけど、あれもやっぱり一種のtendernessに関係すると思う。そういう意味では、やさしさっていうものが、具体的なものと結びつかずにどこか宙に浮いちゃっている感じがあるんだよね。

浮いているということでいえば、「愛」という言葉もいまだにちょっと浮いている。tendernessって、キリスト教の隣人愛といったものではなく、もっと生物全般に関わる感情というか、生きる態度というべきか、本能としてもあるという感じですね。

別の言い方をすれば、この年齢になると、何かを無条件に受け入れるっていうことはすごく大事だって思うようになりましたね。「諦める」っていう言葉がありますよね。その語源たどると「明らむ」、つまり何かを明らかにするということなんですよ。つまり、「何かを諦めることで世界がより正確に見える」っていうふうに、いまは思うようになってますね。

いろんな雑事を見えなくすることで、何か命の本質みたいなものが見えてくる、みたいな感じがするんです。若い頃にはわからなかったもんね、そんなこと。

あと、受け入れるってことがすごく大事だということが、年取ってくるとわかってくる。「諦める」なんて、完全にマイナスな言葉じゃないですか。だから、老いで肉体がだんだん不如意になっていくのはすごく大事なんですよ。そこで観念が全部試されちゃうからね。だから年取ってくれば、「諦める」っていう言葉がわりと自然に出てきて、抵抗なく使えるようになる。「忘れる」というのも「諦める」と一緒で、余分なものを忘れることで、もっとも大事なものがだんだん見えてくるっていうふうに取ることもできるわけですよね。「忘れる／諦めるの復権」だね(笑)。

結婚したくないっていう人も結構いるんだよね。考えてみたら、昔だったら一つの大きい家に住んで、ひ孫まで一緒にみんなで晩飯を食べてたっていう感じがありましたよね。うちなんかでも、近所ではあるけど、息子とは別の家に住んでいるからね。

みんな「一人は嫌だ」と思うのと同時に「一人がいい」っていうのがあるんじゃない。中勘助なんか、「やっぱり一人がいい」って言ってますよね。あの人は相当変わった人だけど、富岡多恵子さんの『中勘助の恋』を読んだとき、すごい感動しましたね。「やっぱり『一人がいいんだ』って人はいるんだ」と思って。誰の中にもそれはあると思う。「一人がいい」、だけど一人じゃ生きていけない、みたいなね。

ついいまも、ゴダールの安楽死の記事を読んでいたんです。ゴダールも結構かっこよくちゃんと自分で決断したわけだけど、でも完全に一人かというとそうじゃなくて、パートナーだった女の人がいて、その他二人の近しい人が看取っているんですね。だから、死に方一つにしても、親戚とか子どもたちが枕元に集まってというのが日本人の中にはまだあると思うけど、「死ぬときぐらい一人にしてくれよ」ってこともあると思うんです。

実際、都市部では一人暮らしが楽になってきている。ぼくなんか、いまはほとんど歩けないから、大体ネットで買い物してるわけですよね。何かすごいばかばかしいんだけど、一個だけ買えば済むものが一個じゃ買えなくて、一ダース買えみたいなのが出てくる。まあ、四十年前に比べると、一人で暮らす環境はかなり整ってはいるけど、問題は、一人で暮らす精神状態の問題ですよね。

ぼくの古い女友達で、年に一度しか恋人に会わないって人がいたんですよ。しかも相手は外国にいるものだから、年に一度七夕みたいに、旅をしてその人に会いに行く。それが何年続いたのかは知りませんけど、そういうあり方もあるわけですね。

それから、二十年くらい前かな。その頃、フランスで「Living apart together」というのが流行ったことあると聞いたことがある。つまり、一緒になるんだけども離れて住む。当時から、すごくいいなと思いましたね。今の日本だったら、そういう人も結構増えてるんじゃないのかな。まあ、嫌でも単身でどこか地方へ飛ばされるとかっていうこともあるんだろうけども。

老人問題というか、いま、ぼくより一世代若い友達、大体六十前後の人たちで、親との間が難しいって人は結構いますね。父親が何かすごい頑固になっちゃってるとかね。

この間も、鳥インフルエンザに罹ったからといって、何百万羽ものニワトリが殺処分されたというニュースがあったけど、どうも生き物に対する慈しみみたいな気持ちがどんどんなくなってきて、何か部品の一つみたいになっちゃってるんじゃないのかな。われわれは、ごはんを食べるときに「お百姓さんに感謝しなさい。お米は一粒も残さずに……」っていう世代でしょ。何かそういう感覚がどんどん薄れていってるような気がするね。

いまの若い人たちは、ニワトリが何百万羽殺されたというのもただのデータとして見てるだけなのかな。われわれ世代は、生き物を百万単位で殺しちゃうというのは、やっぱりすごいショックを受けるんですよね。

身近に現実で何か変動がない限り、わりとのんきに過ごしちゃうんですね、人間って。ぼくも、実際にB29の集団攻撃で焼死体がごろごろしてるのを見たから、戦争を経験したっていえるので、メディアの記事だけだったら到底「経験した」とはいえない。だから「戦争を忘れるな」っていったって、文字で見てるだけでは忘れちゃいますよね。

ぼくにはどこか、「国同士の戦争はもう終わって、これからはテロだ」みたいな認識もちょっとあったんです。だから、今のウクライナを見ると、「いまだに戦争がやっぱり起こるんだ」みたいな気持ちはちょっとありましたね。

つまり、実際に自分が見聞きしなくても、メディアがいろいろ映像とか言葉でいってくるでしょ。だから、実際の現実と自分の身の回りの現実の間にはすごい距離があるわけですよね。ぼく自身、自分が実際に見ている事実と報道されたりメディアで解説されたりする事実とをどうつなげるかっていうのは、やっぱり自分の詩の主題の一つになってますね。あからさまに「戦争反対」っていうんじゃなくて、何かもっと深いところで、「自分の中にも何か暴力的なものがあったりするんじゃないか」みたいな立場でね。

そういう自分の中にある「何か」、テーマとはいわないけれども、「何か」があると、詩は書けるんです。もっといえば、あんまり平和な世の中が続いたら、詩は書けなくなるというかね。ぼくが書いた詩の中に、「人間はユートピアに耐えられない」っていう言葉があるんだけど、何かそういう感じはありますよね。

「詩を書きたくない」と思ったことはあったけど、いまやもう芭蕉じゃないけど、「この一筋につながる」しかない詩を書くしかないっていうふうになってますね。で、前とは違って、詩を書くのが楽しくなってる。前は詩を書くのが、苦しいとまではいわないけど、何かめんどうくさかったっていえばいいか。締め切りはあるし、自分が枯渇していくんじゃないかという恐れもあるし。だけどいまはもうちょっと気楽になりましたね。

詩を書くのが唯一の娯楽みたいになっている。「娯楽」っていうとちょっとあれだけど、クリエイティヴなことをしているのは、やっぱり生きがいになりますね。だから詩を書いてきて良かったとは思うようになりました。

詩を書くとか絵を描くとか、そういう人たちは恵まれてると思います。ただ組織の中で務めを果たすのと違うから。それは何か、生きるよすがになるよね。

そういう意味では、年を取るのは怖くないんです。初めから自分は孤立しているっていう意識があるから。年を取って孤立するようになったとは思いませんね。

ぼくは、「いま・ここ」の人なんです。だから、未来は気に病まないし、過去は忘れちゃう(笑)。それは自分の欠点だと思ってたんだけど、ある意味ではそれは長所にもなるってことですね。だって、個人にとっての現実は、いま・ここしかないわけですから。あとは全部人間の想像力とか、幻想、情報で得ているわけだから、本当にリアルなのは「いま・ここ」だっていうのは、わりと若いころから変わってませんね。

(二〇二一年一一月八日 収録)

「谷川俊太郎さんに会ったことがありますか」

中島みゆき

谷川俊太郎さんに会ったことがありますか。
アタシはありますよ。目の前で。実物《じつぶつ》に。
谷川俊太郎さんから何か問われたことがありますか。
アタシはありますよ。スパスパと大根《だいこん》を切るみたいに次々《つぎつぎ》と。
谷川俊太郎さんから何か応《こた》えてもらったことがありますか。
アタシはありますよ。とっても生真面目《きまじめ》に。深遠《しんえん》に。
どうよ、うらやましいでしょ、とアタシは言いふらしたいんです。
「おまえなんかよりも私のほうが、もっと谷川俊太郎さんと近《ちか》しい」
という嫉妬《しっと》の燐光《りんこう》が、めらり、と揺《ゆ》れるのを見たいんです。
その燐光《りんこう》はあちらからもこちらからも立ち昇《のぼ》って
星雲《せいうん》のように溢《あふ》れることでしょう。
その照度《しょうど》に頼《たよ》って、私は記憶をたどろうとしています。
私ははたして、詩を読んだのでしょうか。

私ははたして、ことばをきいたのでしょうか。
私ははたして、会ったのでしょうか。
なんにも、読んでいなかった
なんにも、きいていなかった
なんにも、わかっていなかった
目も眩《くら》む燐光《りんこう》のもと
私は真空《しんくう》の闇《やみ》に取り残されています。
ひと慕《した》わしげな
ちょっとかすれた
ちょっと鼻声《はなごえ》掛かった
凛《りん》と深い
谷川俊太郎さんの声だけが、きこえています。

谷川俊太郎

Tanikawa Shuntaro

撮影：深堀瑞穂

1931年東京生まれ。詩人。1952年第一詩集『二十億光年の孤独』を刊行。1962年「月火水木金土日の歌」で第4回日本レコード大賞作詞賞、1975年『マザー・グースのうた』で日本翻訳文化賞、1982年『日々の地図』で第34回読売文学賞、1993年『世間知ラズ』で第1回萩原朔太郎賞、2010年『トロムソコラージュ』で第1回鮎川信夫賞、2016年『詩について』で第11回三好達治賞など、受賞・著書多数。詩作のほか、絵本、エッセイ、翻訳、脚本、作詞など幅広く作品を発表。特に詩作品は英語、フランス語、ドイツ語、スロバキア語、デンマーク語、中国語、モンゴル語など各国で訳されている。小社より2018年、ジーン・ウェブスター作、谷川俊太郎訳、安野光雅絵による『あしながおじさん』を刊行。2024年11月13日、逝去。

中島みゆき

Nakajima Miyuki

撮影:田村 仁

1952年札幌生まれ。1975年「アザミ嬢のララバイ」でデビュー。同年、日本武道館で開催された第6回世界歌謡祭にて「時代」を歌唱しグランプリを受賞。1976年にファースト・アルバム『私の声が聞こえますか』をリリース。現在までにシングルを48枚、オリジナルアルバム44作品をリリース。アルバム、ビデオ、コンサート、夜会、ラジオパーソナリティ、TV・映画のテーマソング、楽曲提供、小説・詩集・エッセイなどの執筆と幅広く活動。近年2023年には通算44枚目となる最新オリジナルアルバム『世界が違って見える日』、2025年はライヴ映像版『中島みゆきコンサート「歌会VOL.1」』とアルバム『中島みゆきコンサート「歌会VOL.1−LIVE SELECTION−」』を発売。

出典

谷川俊太郎×中島みゆき対話『やさしさを教えてほしい』
（朝日出版社、１９８１年）

「谷川さんのこと」『谷川俊太郎詩集』
（ハルキ文庫、角川春樹事務所、１９９８年）

「忘れる筈《はず》もない一篇の詩」『鳩よ！』
（１９９１年３月号、後に『ジャパニーズ・スマイル』新潮文庫、１９９４年）

「大好きな私」『中島みゆき全歌集　１９７５−１９８６』
（２０１５年、朝日文庫　朝日新聞出版）

谷川俊太郎から中島みゆきへの㉝の質問（２０２４年）

中島みゆきから谷川俊太郎への㉝の質問（２０２４年）

四十一年ぶりの対話
（２０２２年７月５日　谷川俊太郎氏邸にて収録）

朝のリレー『谷川俊太郎詩集・日本の詩人17』
（河出書房、１９６８年）

あなた『手紙』（集英社、１９８４年）

あい『みんなやわらかい』（大日本図書、１９９９年）

愛　Paul Klee に『地球へのピクニック』
（銀の鈴社、１９８０年）

信じる『すき』（理論社、２００６年）

あなたはそこに『魂のいちばんおいしいところ』
（サンリオ、１９９０年）

にじ『いちねんせい』（小学館、１９８７年）

詩「祈らなくていいのか」『谷川俊太郎詩集・日本の詩人17』
（河出書房、１９６８年）

生きる『うつむく青年』（サンリオ、１９８９年）

こころの色『すこやかに　おだやかに　しなやかに』
（佼成出版社、２００６年）

世界の約束『歌の本』（講談社、２００６年）

協力
株式会社ヤマハミュージックエンタテインメントホールディングス　黒田明宏
谷川俊太郎事務所　川口恵子
増子信一

編集協力
木村美幸

編集担当
仁藤輝夫

終わりなき対話 ──やさしさを教えてほしい──

発行日◉2025年4月15日　初版第1刷発行
2025年6月20日　初版第4刷発行

著　者◉谷川俊太郎　中島みゆき

発行者◉小川洋一郎
発行所◉株式会社朝日出版社
〒101-0065 東京都千代田区西神田3−3−5
電話：03-3263-3321
https//www.asahipress.com

印刷・製本◉TOPPANクロレ株式会社

Printed in Japan
ISBN978-4-255-01398-5 C0095